女孩和
女人们的生活

小说界文库　　《小说界》编辑部
第二辑　　　　编

上海文艺
出版社

目 录

地之血　张天翼..........1

步步娇　张怡微.........35

预展 // "53：女人们"　叶　扬.........61

今天你的手好暖　于　是.........91

夫　妇　淡　豹.......123

我是他的第几个女儿？　巫　昂........149

地之血

张天翼

张天翼 青年作家,自由职业,已出版散文集《粉墨》、小说集《性盲症患者的爱情》《扑火》《如雪如山》等,曾获朱自清文学奖、"《钟山》之星"文学奖、燧石文学奖等奖项,有作品改编成电影上映。

第一眼没看到继父，粒粒心头一松，像是发现考卷第一部分题目里没出现复习盲点。母亲王嫦娥的新丈夫才三个月新，她还没能自然地跟他近距离谈笑。她推着行李箱，走到车站出口，看到几步外母亲独自站着，挥手。每次从工作的城市回乡，感觉既像要进考场考试，又像要面对一张等她批改评分的试卷。她草草朝母亲笑一下，就眨眨眼把目光焦距打散。长久分离之后，猛地见面的第一眼是最难受的。母亲双手插在外套兜里，有点驼背，穿着浅紫色上衣，灯芯绒白裤子。陌生感强迫她以评卷人的目光承认那是个瘦削的半老女人，美貌丰饶所剩无几，她低头推行李箱，把车票按在扫描桩上，咬牙熬过心中酸楚。

母亲从自动开合闸门后面迎上来，伸手叠搁在她扶箱子把的手上，两人各自转个身，并肩往前走。母亲的身子转过去，眼睛始终留在她脸上，用力看完这长长的一眼，笑道，行，脸色挺红润，身体没问题。又说，你杨叔去超市买鱼了，晚上他做饭，他烧鱼好吃。

她九个月没回家了，反正理由要找总会有的，确实太久了，她和母亲在电话里说着说着两人都小心起来，都觉得自己是做错事应该心虚的那个。现在真的见面，就像一咬牙跨到冷水浴喷头下面，倒也没那么糟糕。母亲把箱子拉到她的外侧，用靠外那只手抓着，一只手插进她胳膊和身体之间，顺着她小臂滑下去，五指插进她五指之间，像要好的女中学生牵手逛街似的十指紧扣。

她们站在地下通道里排队等出租车时，她把手指退出来一些，拇指摩挲母亲的几个指尖，摸到干枯发硬的皮肤和指甲。她用自己的手把母亲的手托举到眼前，颠动两下。你看看，我给你寄的马油护手霜都白寄了，不是跟你说一到秋冬就每天抹吗？你都抹在哪儿啦？

有很多人怯于亲昵，就用埋怨责怪代替亲昵，其实粒粒并不是那种人。母亲只是笑，随口说道，我在抹呀，可是总在厨房里干活，手总要沾水，又不能洗一次手抹一次护手霜。

粒粒说，"总在厨房里"是怎么回事？杨叔拿你当灶火丫头使唤了？那我可得跟他说道说道。她特意把这句语气说得更像玩笑话，搅拌上一点技艺生疏的娇嗔。母亲的笑却没了，低声说，别这么说他……你杨叔对我挺好，绝对比你爸好。

轮到她们了，穿荧光背心的人打手势让她们上后面一辆出租车。母亲坐定后说出地址。那个地址她知道,它曾以文字方式出现在她手机里,"粒粒,我们刚买了新房子,地址是……"并接受了她的祝福,"祝贺你,妈妈,开始新生活吧,为你自豪,为你高兴"。

车外故乡已入深秋,下午的天空不明不暗,灰色穹隆边缘一圈淡淡玫瑰红光。街边建筑物大多与记忆中无异,只是比记忆里旧了一层,像用久了的家私,不够体面,但有种亲切劲儿,让人不忍挑剔嫌弃。司机把车开得很快,转弯处她身子歪倒,倚靠在母亲身体侧面,特意多靠一会儿再慢慢直起身子。她几乎不说话。司机是家乡常见的那种喜欢用闲聊让耳朵保持忙碌的人,他用纯粹的乡音跟母亲聊天,评论到某个本地刚落马的腐败高官,用了一个方言词,"不够揍"。

母亲点着头,又把那词重复一遍,表示称赞这词用得切。她一下没听懂,思绪一顿,去回忆那个词的意思。其实每次回家都是从坐上火车那一刻开始的,像彩排,或模拟考,满车厢共享终点站的人也共享籍贯与口音,人们互相打招呼,打听居住地和出行事由,口音以彼此为酵母,痛快淋漓地膨胀。大部分乡音像不体面的内衣,在腰间皮筋上印一圈牌子拼音。在她工作的城市,人人都把口音藏得严实,像用漱口水和口香糖掩藏嘴里的口气。每次她回到这样乡音肆虐的空间，都有奇异的感觉，仿佛清晨出去跑步之后，又回到光线昏暗、空气热浊不新鲜的卧室，一阵不适，一阵无法抗拒的亲切。她也想以乡音说话，又怕生疏造成不伦不类。下车时她说，师傅，我扫码付给你。司机举起手机，手机桌面图就是付款二维码图片。他得意地说，这就叫心眼儿。

继父杨器和他那一口教师水准的普通话在防盗门后等着她，她们走到倒数第三级楼梯时，门忽然开了，准得像蓄谋的埋伏。继父笑得很焕发，像所有沉溺家庭生活的男人一样，穿着手织毛裤和毛背心，毛裤膝盖处撑出两个鼓包，他搓着手说，粒粒，欢迎回家！

她说，杨叔好。有一瞬间，她有个很舒服的错觉：她们是来做客的客人，待会儿就可以走了。但母亲说，老杨，快来提箱子呀。

跟继父说话，母亲会把原本带点乡音的口音彻底换成普通话。这个习惯是他们谈对象时确立的。很多事和印象一旦成形、固定，就很难改动。你第一次见到某人，他戴着眼镜，日后再见面，如果他不戴眼镜，你就会怎么看怎么别扭，替他感到眼睛四周空荡得奇怪。母亲第一次见杨器，被他带得不由自主全程讲了普通话，此后她就必须一直给口音戴着矫正套了。

她走进屋里。这就是新夫妇卖掉各自原住处，合钱买的单元，两室一厅，墙上挂着两轴灰色绫子裱糊的字画，铁艺吊灯里灯泡都是新的，一点阴翳也无，一切晶亮洁净，有种振奋而美好的意图。继父把箱子提进来贴墙放好，笑着说，粒粒，觉得我和你母亲布置得怎么样？他的银发在吊灯的稻黄色光里闪烁。

继父绝不是故事反派，相反，他像是电影里无可挑剔到只能不幸横死的正派配角。工作上，他在市重点中学当了三十年历史教师，奖状拿了一尺高；私生活方面，他伺候糖尿病妻子八年，是任劳任怨的模范丈夫，妻子去世，他又做了七年洁身自好的模范鳏夫，直到独生子臻儒大学毕业工作才再婚，任谁也挑不出一点毛病来。他不抽烟，偶尔喝点自泡的枸杞江米酒，五官规矩无奇，并不比真实年龄显老，唯独头发颜色跑在了前面，是全白的，没一根杂色，纯得像棉桃，雪，银丝面，鹅绒，白龙马。白发是衰竭的象征，是"坏"的，但一切坏达到一定纯度便有了审美上的意义。银发加上他长年在温室似的学校里养出一种宁静谦和的神情，就成了仙气。

奇特发色令他成了学校里不大不小的明星。有领导来视察，要做公开课，杨老师总会代表历史组出战。粒粒也曾坐在公开课的教室里，照安排好的次序举手，让杨器点她名字，站起来回答1933年罗斯福新政的三大内容。一年前母亲经人介绍，跟比她大两岁的杨器开始谈对象，粒粒第一次见他时还叫，杨老师。他笑道，你都毕业十年了，以后叫杨叔就行。母亲带笑瞥了他一眼，她遂知道他们已对"以后"达成了默契。

普通人身上只要有一点超出平均水平的特质，足以让他的伴侣尝到虚荣的快乐。母亲第一次带他参加家族聚餐，亲戚们都夸：哎呀，杨老师这头发跟他的名字似的，倍儿洋气！中央台以前有个白头发主持人，主持科教栏目的，叫嘛来着？杨老师比那人气质还好。

很快，他们面对她讲述事情时称对方为"你杨叔""你母亲"，这种以孩子身份为基点的叫法，让她能在一切她不在的事件里在场，句句里有一家三口，句句是团圆。操方言的乡人一般说"你妈妈"，杨器只说"你母亲"。这种拗口的书面语配上他的普通话和一顶白发，居然毫不别扭。他说，嫦娥，你带粒粒熟悉一下新家吧，我做饭去。今天给你们露一手，油爆大虾，酱焖鲤鱼，怎么样？

他跨着在课桌椅之间款行的步幅进了厨房，毛裤膝盖上两个鼓包让每一步都像半跪。母亲转头朝她一笑，那种闺密之间有悄悄话要说的、有意味的笑。她心中一阵轻微的慌乱，转身走进书房，大声说，妈，你们这屋子真不错，朝向也好，房型也好。

书房里一半属于杨器原来的家，一半是新买的，没有一件她原来家里的。长长的枣红色木案，上面摆放笔墨纸砚，杨老师家学渊源，喜欢书法。书柜装得满当当，很多书横放在竖排书的头顶，皮沙发的扶手上也堆着一小撂书，有一种真正的读书人的凌乱，模样气氛都是很好的。母亲拍拍黑沉油亮的书柜，他在家具城看中这个复古胡桃木书柜，喜欢又嫌贵，舍不得买，我说我来花这个钱，权当给你的结婚礼物。都这个岁数了，还会买第二次吗？千金难买心头爱，是不是？

粒粒不得不鉴赏一番，把柜门拉开又关上，说，是好看，真好看，你要是自己爱上什么东西，可也别心疼钱。那咱家那个老书柜呢？

母亲说，我送给你姨了，她说她客厅里一直缺个柜子放东西，我就雇车给她拉去，跟她说，要是不喜欢了卖废品也行。

她几乎立刻就判定这话不真，后面半句是为防粒粒去看姨母时查问。她们肯定也串好了词，对，你妈妈给我送来了，可是啊，搁那儿看了几天我还是不爱，就让个收废品的拆掉走了……那个老书柜是她父亲——跟她母亲离婚四年的父亲——手工做的。

她很想跟母亲说，不要紧，就算你告诉我你把他留下的所有东西都烧掉了，我也不会觉得你心狠，真的，没事，我不是五岁就劝你离婚了吗？我不是一直陪你骂他"坑地长大的混蛋"吗？

粒粒的母亲喜欢用地域及其历史沿革解释人的品行。她把城市划成几个大区，并在其上插满了小旗帜一样的标签：第一等地区是北区，那里曾是英国租界，至今留有各国洋人的小洋楼、花园别墅、外墙钉方块铜牌的故居，那里的人最有派头，有审美，斯文。第二等是东区，那里集中了几所全市最好、历史最悠久的大学，因此该处居民有文化，素质高，不野蛮。南区算是不好不赖，建有多座江浙会馆，有江浙籍的人几代聚居在那，"南蛮子"会算计人，但人不坏。糟糕的地带是西区，西区解放前遍布妓院赌场，黑帮横行，是流氓混混的培养皿。

她坚持多年从听来的故事里撷取素材，来丰满这部地域歧视词典的例句和词条，比如邻居家女儿新婚三月遭遇家暴，被女婿打得一只眼视网膜脱落，她会先打听那女婿是哪的人，听说是西区的，结论便是：怪不得，那地方人野着呢。又比如本城某某歌唱家出了大名，上春晚了到金色大厅开独唱音乐会了，她的感叹是，人家是北区生北区长大，她爷爷就是留过洋的资本家，那里人的水平普遍都高嘛。

而她最颠扑不破的论据是粒粒的父亲。他生于即使在西区也最差劲的地带——坑地，当年政府填平一块坑地，建起廉价房，让最穷最赖的人去住。粒粒小时常听母亲纠正父亲的一些乡音，比如，粒粒你听，你爸念"脚"是"交"，难听吧？你可别学。被丈夫气得落泪，她会在背后忿恨地说：混蛋！不愧是那个下三滥地界生人，坑地长大的混蛋！

粒粒曾认为这个分类法不科学，把它当做需要善意容忍的父母的局限之一。但成年后她逐渐觉得能用这样简单的方式解释心中疑难，是种天真的福气。他为什么这样对我？因为他性格不好。为什么性格不好？因为出身在民风不好的地区。好了，那就没办法了，没得可怪了，要是能选谁会选择投胎到下三滥地界呢？

杨器杨老师生于光明正确的东区，其父是建国初始考入清华大学的大学生，于校际联谊中结识就读于北京医学院的其母，日后回乡一个当高校教师，一个当妇产科医生。用介绍人的话说：难得的书香门第，嫂子你不是反复嘱咐要找个读书人家的人吗？这个杨老师就是，又规矩又有派头，没挑儿了！粒粒知道母亲一听到这家世就默许了一半。

而杨老师的好厨艺则是意外之喜。粒粒参观两个卧室的时候，房间里飘起混合着料酒、糖、醋和种种复杂佐料的烹鱼香气，还有油炸东西发出的聒噪的滋滋声，这种气息让她松弛了一点。母亲说，次卧是专门给你和臻儒回来用的。她问，那个，杨臻儒回来住过么？母亲说，还没有，他也说忙，哎呀，你们年轻人要搞事业嘛，我们特别理解。次卧里的家具都是欧式的，床头和衣柜边缘堆起翻着波浪的描金白玫瑰，精致又不够精致，显出大而无当的粗俗。她连声说，哎，好看，真阔气，真洋气……母亲又打开衣柜门，指点着说，这些纯棉床单被罩枕套也都是新新儿的，你一套，臻儒一套，怎么样？算是几星酒店的待遇？

她说，四星，起码四星。杨器在屋外说，你们俩的会开完了没有哇？鄙人的菜可以上桌了吗？

餐具也是成套的，酒杯里倒好了枸杞江米酒，乌木筷子斜放在白瓷筷子架的凹陷中，油爆大虾、酱焖鲤鱼、蚝油生菜和炸藕盒都勾了芡，亮晶晶地在灯下等待赞美。不赞美简直没天理，她赞美得卖力极了，平均吃三口配一句夸，形式多样，包括嗯嗯点头感叹，包括真诚地询问做法。杨器则还原成耐心称职的老师，款款讲解如何选鱼选虾，怎么杀，怎么用汁腌。母亲负责做适当的插叙。他们把这顿饭吃成了又一堂以表演为目的的公开课，热烈愉悦得不太真实。

由于前半程的好气氛可以沿用，后半程安静一点也不至于尴尬，大家的话就少了些。粒粒选取了一些别的话题，如墙上条幅。她被告知那边和那边的两幅字出自她的继爷爷、继奶奶之手，客厅这幅是杨老师的世交好友专为他二婚赠送的。母亲说，妈考考你，看你认不认得这写的是什么？她扬起手里筷子指向最近的一幅字。粒粒笑一下，鼻孔里喷出一股气,以开玩笑的语气说,哎呀妈,吃饭吧,杨老师还没考我,你考我干什么?

杨器说,就是,老唐那笔草书跟鬼画符似的,认它干什么?嫦娥,虾还剩两只,你跟粒粒一人一只处理掉吧。他攥起虾放进她碗里。

母亲却不放弃,她不理会虾,反倒把筷子搁下了——认真地搁在筷子架上——双肘支在桌面上,身子往前倾,神情十分认真地说,我认不出,但粒粒肯定认得出,对吧粒粒?你小学时不是送你上过一整年书法班嘛,后来你也一直自己没断了练字,是不是?

粒粒隔着饭桌看着母亲,她觉得饭厅的灯光并不好,照下来显得母亲颧骨高,眼窝塌,嘴角两边拖下来的纹路太明显。她慢慢转头看着墙上的字,念道:金屋春浓,苑上梅花二度。琼楼夜永,房中琴瑟重调。贺杨兄续弦之喜愚弟唐志龙。

母亲低声给她喝了声彩,呵,一字不错!怎么样老杨,我女儿水平不次吧?配得上你们家吧?

她胃里一阵拧绞,脸颊被冲上来的血涨得又痒又麻。杨器笑道,瞧你说的什么话,什么配不配得上?粒粒又懂事又上进，我这辈子就是遗憾只有儿子，没有这样的女儿。

她本想说我现在就是你的女儿，名义上。但她忙于消化母亲的行为，她了解她，理解她，谅解她，但还是需要缩紧身子低下头，像挨了一拳的人弯腰等待最尖锐的那阵疼痛过去。

粒粒的母亲王嫦娥是个头脑简单、性情过于温和的女人，她自知不聪明，常在讲述往昔时认命地总结说，你瞧你妈那时候多傻。粒粒对此常答以怜惜的一句，"那时候"傻？你现在也不太聪明。母亲便笑起来。说，傻也不要紧，我能生出一个聪明闺女。

她毕生做的最不明智的傻事是选择丈夫。当时粒粒的父亲跟他的朋友同时追求王嫦娥，听说王嫦娥答应了那人的求婚，他在一个雨天从外地连夜赶回，冲到她家中，湿淋淋地跪地恸哭，她心软得不能自持，立即决定推翻之前的婚约，嫁给他。

其实从这个故事也能看出粒粒父亲的性格，软弱，冲动，情绪化，血一上头就不管不顾。青年时代，这些东西都被笼罩在玫瑰色的雾气里，当一张脸微笑时，你没法想象到它发怒时的样子。公平地说，父亲不是没有可亲的时候，他手巧，新婚后自己手工打造了书柜、床头柜、衣柜，都按当时最流行的样式做。他爱琢磨琐事，嬉笑时甚至显出一点浪漫的天赋，比如他曾叫粒粒母亲：哎呀，我的"八减一"。

但用他的话说，他跟钱没缘分。他学历不高，是国营装备制造厂的电焊工，单位效益差，工资低，他尝试过很多致富途径，繁殖热带鱼，倒卖皮夹克、烟酒，开出租车，炒股……一再赔钱，那让他长年沉浸在怀才不遇的愤懑情绪中，并时常转化为对妻子的抱怨。他曾想出国劳务，被粒粒母亲死乞白赖地制止，她攥住积蓄，不给他拿去交中介费，她怕像他这样莽撞的人会客死异乡，因此日后他时而一边砸东西一边恼怒地向她吼叫：是你不让我腾飞！是你耽误了我的前途！

他打过妻子，两次。当然也打过粒粒，次数多得数不清了。

粒粒并不是上大学期间唯一一个放假回家、发现父母离了婚的人。很多父母把儿女出远门上大学作为自己人生的分界线，往后就可以痛快点，为自己活一活了。粒粒的父母多坚持了三年。最后一根稻草，是她奶奶家的老房拆迁，有了一笔钱，均分给三个儿女。粒粒父亲打算拿这笔钱跟几个朋友到湖南去做生意，再搏一回——这是他给自己喊出的口号。母亲说，这次我就不耽误你腾飞了，咱俩不如离了吧。

粒粒大三那年寒假回来，惊见家里已经搬空了一半。父亲带走大部分存款，把房子留下给母亲，他暂时住在父母家。当晚粒粒跟父亲约在一间湘菜馆里吃了顿饭，父亲情绪激昂地给她讲自己的计划，毫无感伤之意。他本来不怎么能吃辣，那天点了剁椒鱼头和农家小炒肉，辣得满脸通红。说，我正在锻炼吃辣的能力，过些天到了长沙那边，估计陪客户吃饭天天都得这么吃。粒粒，等你去看我的时候，我带你吃正宗的湘菜哦。她笑道，好。但她立即知道自己永远不会去找他。

他咳嗽着，转身叫服务员倒杯凉水过来。自始至终，他没有问她母亲，也没有问你在学校怎么样、谈没谈对象这些家长的常规问题，他的全部身心都被即将开始的新生活占满了。

饭后他们父女告别，粒粒坐公交车回家。母亲提前到公交站等她，两人一起走回去。她永远记得那个晚上的月亮，像一张恬静松弛的脸,又像一个神秘仙境的入口,浑圆,晶莹,悬挂在路尽头的正上方,仿佛她们并不是走向家门,而是要走进那个叫月亮的入口里去。母亲握着她的手,手指插进指缝里,十个手指缠绕得紧紧的。

至于继父杨器,她知道自己感激他,绝不讨厌他,当然不会恨他,但也不可能喜欢他、爱他。他和粒粒都没像志在弄哭观众的影视剧里那样——继父挖空心思给继女买礼物,揣摩她的喜好,揍她的负心男友给她出气,继女则懂事体贴地帮继父搭配领带,学做他爱吃的菜,给他出谋划策如何讨好母亲。中间当然闹过大矛盾,女儿定然要负气吼一句"你不是我爸爸",但最后终将在暴雨或大雪中彼此找到,女儿发自内心地哭喊一声"爸爸",两人亲密无间地紧紧拥抱,赶来的母亲在后面几米处露出含泪的欣慰微笑……啊,天哪,那太累人了。

也许他们早十年、十五年成为父女,情况会大不一样。那时她还是她母亲心头的要紧人物,她的不悦是算数的,而且他们不得不朝夕相处,杨器想要搭建过得下去的家庭关系,必须花心思莳育真正的融洽和接纳。如今他衰老疲惫,生命的热力所剩不多,得省着点用,耗费在取悦继女上不太划算。而粒粒也早就习惯放弃"父亲"所能提供的东西。就像没必要给断臂维纳斯塑造手臂,有些空缺,留着比补上好。

不在一起生活,怎么都好办。在有限的共处中保持和颜悦色并不难,其余时间只要不打扰对方生活就够了。也许未来会有一些事,一些瞬间,把她跟他的距离拉近一些……但那种前景对他们都并无吸引力。

杨器与母亲结婚前夕,粒粒从外地赶回来一次,陪他们去完成婚前财产公证。从公证处大楼出来,三个人在路边不由自主地站住,互相打量,各自露出含有感慨、憧憬、羞涩、如释重负等意味的微笑。

他们没办婚礼,只是请来双方尚健在的父母一起吃了顿饭。粒粒和杨器的儿子都没出席。粒粒的姥爷已经去世,但杨器的前岳父岳母都到场了,其中一人眼眶发红地说,我这女婿可是打着灯笼难找,可怜我女儿走得早,没福气跟他走到头,嫦娥呀,便宜你喽!

后来母亲把他们到三亚旅行结婚的照片发过来。粒粒用手机一张张翻完,给母亲回电话。聊东聊西,差不多快要挂电话的时候,她问:妈,你爱杨叔吗?问出这句话时,她感觉自己又回到了哭着求母亲离婚的年纪——那年她八岁。

母亲的回答在意料之中:少年夫妻老来伴,到这个岁数,就是搭伙过日子,能过得和和睦睦已经是好运气了。提什么爱不爱的?

那,他身上哪点让你决定跟他在一起?

这倒真有。跟你讲啊粒粒,我第二次和他出去看电影,看了一部美国片。片子演到一个地方,里面的两人说了句话,那话挺平常的,可我觉得特别有意思,就笑了,听到旁边杨器也在笑。那句话,全影院的人都没笑,只有我跟他同时笑了出来。那时我就觉得,以后跟他过日子应该过得下去,起码,我们能笑到一起。也不知道我想得对不对?

粒粒说,妈,你想得对,非常非常对。你呀,总算聪明了一回。

半夜,粒粒从一个身陷沼泽的梦里醒过来。从梦境里跨进现实那恍惚的一刻,身体仿佛仍被吸在黏腻的一摊泥浆里。黑暗里她伸手到身下摸了摸,手指摸到了真实的湿渍。

人的泥潭通常就是自己。她保持原状不动,伸开四肢,以自暴自弃的怠惰躺了一小会儿,直到又一股热流涌出来。

墙上的钟表指针是夜光的，钟面背景印着一首楷体唐诗"劝君莫惜金缕衣，劝君惜取少年时。有花堪折直须折，莫待无花空折枝"，猜也猜得到是母亲选的。这时是凌晨三点半。

她把毯子掀到远远的床缘，以双手双脚支撑，架起臀部，再侧翻过去，跪伏在床上。床单像是中了一弹，洇开一圈蒲团大小的殷红。她从这张欧式大床上跳下来，把贴身睡单、床单、床罩、褥子一层层掀开，像是一层层打开俄罗斯套娃，血的影响力越来越小，犹如套娃的面目表情越来越模糊不清。在倒数第二层褥子上，被各类布料经纬拦截的血终于停下来。数一数，一共五条单子要洗，对女性来说，没有比这更狼狈的了。

粒粒的初潮发生在初二春天的一堂体育课上。她觉得肚子疼，举手向老师请假去厕所。另一个女孩举手说也要去。她们走进操场一角的厕所，一人跨上一个坑位脱裤子。她脱下裤子，见到内裤上布满了赭色的斑斑点点，愣住了。旁边那个女孩说，你拉肚子了？她烦闷地回了一句，不是！你不懂。她早在书里得知这项女性身体的必然发展，并不意外，只是心疼那条新内裤，雪白底子印连叶红玫瑰的图案，放了好久，舍不得穿。但懊恼沮丧之余亦有兴奋。傍晚回家，她把母亲从厨房拉到卧室,关门,弯腰把校服裤子推到膝弯给她看。母亲"哦"了一声,随即说,脱下来吧,我给你搓了,你自己也洗洗。她向左转身要去木头盆架上拿搪瓷盆,转到一半又缩手,转身到右边,要先开小衣柜,拿更换的衣服,她的双手抬在身前轻轻点动,做着种种无意义的抓取东西的动作。粒粒光着两腿,等着她,母亲的无措反而让她轻松了,她笑道,妈,你慌什么呀?

她母亲也笑了,终于从行为失序里恢复过来,先兑了盆温水放在地上,粒粒骑着水盆清洗的时候,她走到她衣柜前,打开柜门,拉出柜子中间的抽屉,取出一袋包装成长方体的卫生巾,说,这包够你这次用了。粒粒跪在床上,内裤提到半路,母亲挨着她的大腿坐下,一手前一手后,把卫生巾平铺,贴到裤底,又把它整个抓在手心里握了一下,握成水槽似的凹坑状,确保双方粘合妥帖,说,以后都这样自己弄,记住检查一下粘没粘牢。

——在后来的年月中,每次她俯身给自己布置卫生巾,末了都会像母亲一样,握一下,每次眼前都会浮起那瘦白的手,手背上青玉似的筋,春日黄昏的小房间。

母亲去把秽水倒了。她又说,可惜那条内裤,你过年时给我买的，才第一次穿。母亲说，没事，我看看能不能给洗掉。但她仍怏怏不乐。母亲说，咱们妇女这事啊，就像故意欺负人，爱搞恶作剧似的，往往哪天你穿了最贵的新裙子，最爱的白裤子，嘿，偏偏那天来啦，准极了，我们好几个女同事都是，早晨穿着新裤子俏生生来上班，到处显摆一圈，结果干着干着活儿，后面就印出来了……

母亲又说，我第一次来这个，心里反倒高兴得很。

她问，为什么？

因为我姑姑家那边的亲戚里，有个堂姐是天生"石女"，从小没有月经，长大了也不能生孩子。我第一次看到自己流血，松一口气，跟自己说，这下好了，我不是石女，我将来是能生小孩的。我从小喜欢小孩，尤其是小女孩，从小就盼着自己生一个。

那么，你从小就在盼着我来当你女儿啦？

是的。她们相视一笑，都感到对世界别无所求。

此后每月她们的交流里多了这一项，记住彼此的日期，给予对方不太必要的叮嘱和关怀，比如别用冷水洗手洗脸，睡前沏杯红糖水端过去，腹痛时灌上热水袋，让她平躺放在小腹上。每个月，母亲察看她泌出的血的颜色，说，嗯，血色很浓，很好，身体没问题。饭桌上母亲会问，我说这星期有什么事落下了，你那个晚了两天吧？她说，昨天上体育课，我看还没来，就没请假，结果课上测验了八百米跑，跑完觉得肚子坠着疼。母亲说，那是累着了，以后要早跟我说，待会儿我煮个当归蛋给你吃，活血。她们聊这些时，粒粒父亲会专注地盯着电视机或报纸，装做没听见，不置一词，这话题是已成年女儿的身体的虚拟延伸，一种禁忌，出于尊重和自尊，他不能让自己的言谈触碰到它。

有时粒粒会利用这一点。父亲和母亲起争执后，各自青着脸，一人驼背坐着，手撑着太阳穴一言不发，另一人手上动作摔摔打打，替代语言表达愤怒和震慑。她会故意以这个话题打破平静，忽然若无其事地跟母亲谈起最近一次经期的变化，新的胀痛感，长于预期的天数，等等。母亲不会拒绝，她会喘一口气，捋平跳过发际线的头发，换一副心平气和的调门轻声回答她的疑问。她们总能越来越顺畅地聊下去，有时聊这个，有时聊别的，齐心协力地铸造一种多数派的轻蔑态度，直到整间屋子充满柔和的、令格格不入者难受的气氛，直到父亲起身推门离开。就像持续不断地揉眼睛，揉出眼中沙粒，就像浪头坚决地把某些它不愿容纳的东西推到海岸上去。

血，神异的血。血是红色印章，是细细红线。上天用红线一样的血把她捆扎成礼物，送到她母亲怀中。即使丈夫暴戾无能，令人痛苦，只要想到这件礼物，母亲就不去责怪命运。

她曾那么喜欢这个伴随痛楚的秘密，它只属于她和母亲，世界上所有别人都无法参与，无法分享。她当初就乘着这样的红色潮水从肉体的罅隙中滑进世界，从母亲的盼望里跨入现实。某种程度上，我们活在与亲爱的人共享的部分里。那儿有一种光，让你认清所有最深处的东西，并滋养真正的快乐。

十五岁她上寄宿高中，开学那天母亲送她去搭校车，叹道，以后回家就是客了——这话她得要十年后才能明白。她在学校里受到嘲讽、排挤，过得非常不顺，拼尽全力想在傲慢、矫揉的女生群体里谋得一个席位，建立一个不卑不亢的印象，就在那过程中她不知不觉把自己与旧生活撕开了。同宿舍的密友们分享经期及其他琐碎杂事，她独来独往，没有密友，不过课上忽然来潮，向同学借卫生巾总还是借得到。母亲给她做了个一步裙式样的棉垫，那几个夜里裹在腰胯处，腰间有扣子，再加系带，怎么翻身也不会脱落。住校三年间她一次都没染红过床单。

那块玫瑰花图样的棉垫子，她一直带到离家乡二十小时火车车程的大学里。

直到读研究生时她和母亲仍近乎无所不谈，只是逐渐不再聊它。偶尔两人打电话时，她告诉母亲今晚没去自习教室，因痛经在宿舍躺着，母亲问一句，血多不多？颜色浓不浓？得到肯定的答复辄表示放心。

有一次，母亲在电话里跟她说昨天跟几个小学女同学聚会吃饭，谈起了更年期和停经。她说，原来那几个人都已经停经，有个人停了七八年，还不到四十岁就一点也没了。我还一直有呢，没断。

粒粒说，对，你身体一向比同龄人都好。

母亲用近乎撒娇的愉悦声音说，嗯，我觉得也是。说来奇怪啊，被这事累赘一辈子，年轻时真觉得每月没这腰疼肚子疼的几天多好，现在又觉得——虽然麻烦，可要是真没了，不就不太像个女人了吗？

粒粒说，你不用担心这个，你是整条街最漂亮的女人，华北路赛西施。哎，没停经就是还有生育能力，你想不想再生个女儿陪你？

母亲说，我也想啊，问题是跟谁生呢？等你回来，帮妈去公园举牌子征婚好不好？这是她和粒粒父亲离婚后两人常开的玩笑。

每次粒粒回家过寒暑假，一旦发现异样，会直接到衣柜抽屉里找母亲的卫生巾来应急，再换衣服出门去买自己适用的加长型。母亲用的型号越来越薄，越来越短小，她心知原因，再没跟母亲谈起。

在这个凌晨三点半，她把一件衬衣系在腰间作为遮挡，悄悄推门出屋，才想起那个老衣柜已经不在了，她不知道新家里母亲把卫生巾储蓄在哪。客厅里萦绕着隐隐的鱼腥味，冰箱、饭桌、餐椅等物品像是在黑夜里背过身去、闭目不看的人，几小时前她在此处做的取悦他人的努力宛如不曾存在，不曾奏效过。

她没法这样出门去买卫生巾，也没法靠抽纸盒里的薄纸巾撑到天亮，只能去敲另一间卧室的门。手指蜷曲起来，指节叩到门板上传出第一声，就像遥控器按亮电视一样，她眼前再次浮起那种画面：一蓬银丝像道人的拂尘似的乱纷纷散在枕头上，母亲的鼻尖搁在极近的地方，每次呼吸都令几根白发飘飞起来……前几声迟缓而微弱，没得到反应，她不得不攥起拳，用拳头上突出的骨头尖砸门。终于门里传出了惺忪的一声，粒粒？是继父的声音。

她说，杨叔，我找我妈有点事。妈？你来一下。

母亲的声音不够积极地跟上来，好，等等。

她退到小卧室里，关上门，叉开腿察看，双腿间几张叠在一起的纸巾已经快被血穿透了。她把那一团带血的棉纸抽出来，再抽出些纸叠好填下去。门开了，母亲在身后问，怎么了？

她不敢认真打量这个刚从她中学老师床上爬起来的女人。王嫦娥穿着成套米杏色丝绸睡衣，衣服下摆扎在裤腰里。粒粒的母亲岂是穿睡衣的人？那么多次她半夜悄悄溜进父母的房间，从熟知的一侧钻进被窝，那里永远有一个滑腻的赤裸的怀抱，每次都像是获得意外惊喜似的搂抱她，让她翻来翻去找一个舒服的姿势。父亲和他带口臭的鼾声，都被母亲的身躯挡在远远的另一头。黑暗中，她恣意抚摸母亲的身体，那种微微松弛、带有不薄不厚脂肪层的皮肤的滑嫩触感，还有香气，令人只想把鼻尖紧紧贴上去嗅了再嗅，直至融化其中。没有比那更美的印象了。天长日久后这些回忆在与变质的现实的对比中,让人感到困扰、难以置信、如梦如幻……进来的不是母亲,是杨太太。

杨太太新镶了上排假牙,半夜起床没来得及戴,左边嘴唇上沿有一块轻微塌陷,眼皮略肿,像不适应光线似的眯成缝,嘴唇苍白干燥,小声问,怎么回事?

有一瞬间她只想投入那个怀抱,但她知道那里的干瘪和骨头的触感只会刺痛她。她站着不动,说,妈,我月经提前来了,你的卫生巾呢?借我用一块。

母亲犹豫一下。我记得放在我那屋柜子里了,我去找一找。你等着我。

她松一口气,目送母亲的背影出去,转身回到床前,移开枕头,把床单一层层掀掉,堆到脚边地面上。最开始的十几个小时最难熬,她肩头酸沉,四肢困乏得难以抬动,膝头发软,双腿里像有丝丝缕缕的虫子来回窜。小腹痛如割刺。棉纸又需要更换了。母亲怎么还不回来?

内裤后腰处的血渍已干成硬壳,她回手一摸,像是布面地图上特地漆出的大陆部分,被柔软包围。她弯腰抱起床单,走进卫生间,关门,按下门钮上的凸起。

卫生间的灯光惨白,她放下马桶圈,坐下,小便了一次,扯下两格纸，手绕到后面擦拭，想把纸丢进废纸桶时，发现废纸桶放在左手边。杨器是左撇子，这样放显然是为了方便他。她不得不用左手把废纸桶拉到眼前，右手把带血的纸投进去，再把桶拖回原位。母亲还在找，是什么拖住她了？杨器当然会问。她又给自己垫了几张纸，站起身，选一个最旧的塑料盆，放到洗手台的水龙头下。刚才忘记嘱咐母亲了，不要告诉他详情，模糊带过的法子多得很。想到关于她私处的消息正进入那男人的耳朵，她手臂上起了一片粟粒。哗，水从水龙头里汹涌而出，击打在盆底。她低头反复抚平那些小疙瘩，想起朋友经常叫她——"粒粒皆辛苦"。

水声里忽然出现一个关门的声音，砰。她关上水龙头。谁出去了？将近凌晨四点，出去干什么？继父被吵醒了，睡不着，去晨练？……卫生间门的刻花玻璃上映出母亲睡衣的颜色，她在外面说，粒粒，开门。

她拧开门钮，让母亲进来。母亲双手都是空的。她望着她，嘴巴微微张开，等她的解释。母亲说，我这儿没有卫生巾。

怎么会没有？你不是一直备着吗？

母亲脸上有一种阴沉的平静，她像一个被拎到讲台上当众陈述罪状的小学生一样小声说，粒粒，我停经了，半年前就停了。

粒粒没反应过来"婷菁"是什么意思，无意识地从鼻子里"嗯"了一声表示疑问。接着她胸口一酸，说道，也好，这下我不用担心你再生一个小孩了。

话一出口她就后悔了。母亲没对这句话做什么反应，声音平静地说，我让你杨叔去给你买卫生巾了，路口有个24小时便利店。

她震惊得无以复加，哼了一声，一对眼泪急速地抛落下来。

母亲张开嘴巴，吸一口气，彻底懵了的样子，哎，怎么了？哭什么？

她呜咽道，妈，你怎么能这样？你怎么能这样？你怎么能让他……

母亲惶惶不安地把两手放在身前，攥了又攥，用委屈的声调喃喃道，怎么了呀？"这样"是什么样？这是什么大事吗？虽然不是亲的，可杨器怎么也算是你爸爸，让他买一次卫生巾没什么犯忌讳的吧？他一个老爷们都不觉得有什么不好，你顾忌什么？……

她不回答，只是双手捂住脸，呜呜地哭，夹杂着猛烈的吸气、抽噎和哆嗦，哭声扭曲，是那种莫名承受了刺伤、心碎了的人的声音。

母亲还在说话。她感到母亲的两手握住她肩膀，轻轻摇晃。她想说你不明白，这件事只属于我和你，只容许我和你。我的血里有一半红色是你给的，我的血是你的血。现在你把它毁了。当你给予的时候你不明白，现在你毁掉它的时候仍然不明白。

血流得更加奋勇，欢快，它们像山脉极深处的岩浆一样，带着热力逃离她的身体，顺着大腿滑下来。

早晨七点半，王嫦娥起身到卫生间去。凌晨四点钟发生的小波澜很快平复，杨器买回卫生巾后回屋继续睡，粒粒也被她打发回去睡。她洗完剩下几条被褥上的血迹，晾上，回到卧室，枕头上那颗白头已经再次发出稳定的鼾声。但王嫦娥一直没再睡着。

她擦拭了自己，用右手。再把右手里的棉纸传递到左手，扔进左手边的废纸桶，站起来按下冲水按钮。她在马桶蓄水的嘶嘶声里往外走，又转身回来。瓷砖地上，洗手池和抽水马桶中间靠墙边的阴影里，有一个红点。

是一滴血。

王嫦娥蹲下来,在那滴血面前。

已经干涸的血滴大概一粒红豆大小,表面形成一个微微凸起的弧面,闪着一点光。要很浓的血才会凝出弧度来。她在心里说,血很浓,很好,身体没问题。又伸出一根手指摸了摸,血的光滑表面上印了指纹的纹路。

九点钟,她和杨器送粒粒出门。粒粒坚持要杨器不必远送。他们互道再见后,杨器转身回去了。她替粒粒推着行李箱走到小区外,等出租车。

送别到了末尾,人们都会不由自主地盼望着离散。在关于早饭和天气的无意义闲话中间,她突兀地插了一句,粒粒,你不生妈的气吧?粒粒的眼睛和面孔就像无风的海洋,她轻松地反问道,我为什么要生你的气?

她坦白说道,我不知道,我就是觉得……

别瞎想了,没有。咱们俩是一体的,你就是我我就是你,我会生自己的气吗?粒粒探过身来,抱住了她。那个身体隔着衣服,饱满,结实,骨肉匀称,跟她年轻时一模一样。粒粒说,车来了,我走啦,妈。

王嫦娥回到家,发现客厅地板湿漉漉的,音箱里放着《锁麟囊》,杨器在卧室里一边擦地,一边用假嗓子跟着哼唱"收余恨、免娇嗔,且自新、改性情"。她忽然一个箭步冲进卫生间,瓷砖地还没干,闪着湿润的光泽。

那滴血已经不见了。

她心里嗥叫一声,一种丢失重要东西的割离感在体内一搅,眼泪像热血似的,

充满了眼眶。

步步娇

张怡微

张怡微 上海青年作家,现为复旦大学中文系副教授,创意写作专业导师。2022年出版有新书《四合如意》《情关西游(增订版)》。

一

三天前,郑梨见了外公最后一面,在他的床前。

外公此时枯瘦,就和遭此病魔折磨的人差不多形貌,看着让人难过,又无可奈何。郑梨问他,疼吗?他摇摇头。问他,冷吗?他也摇摇头。又问他,饿吗?他居然轻轻地点了点头。

前几日,郑梨母亲还在家庭微信群里说,医生说他排便稍微有一点隐血,但眼下大概是不要紧的,今年过年一定捱得过去。可突然之间,他似乎就不行了。最后在要不要送医院的问题上,郑梨的外婆与母亲爆发了争执。最后母亲哭了起来。外婆的意思是,送医院也没有用。他刚刚从医院里出来,又进去,又出来,是给国家添麻烦,家里又没有车。外婆说,每次从医院里出来,站在寒风里叫不到车,都很想跟外公一起去死。不过,这大概是她这一生中极少的、真心地想和丈夫同归于尽的时刻。

郑梨母亲看到灶头上有一碗鸡蛋羹,也是干枯的形状,隆起的黑色酱油都僵住了。问外婆这是什么,外婆说,几天前给他吃他不要吃。母亲问,那留着它干什么。外婆说,他要吃就给他吃。母亲说，你为什么只换床单枕套不给他换衣服？外婆说，上个礼拜换过了。母亲说，你为什么要这样对待他，他是你老公欸。外婆说，他马上要走了，话也不能说，吃了就要拉，不吃就不拉，他就是肠子的恶毛病，你说吃好还是不吃好。他现在这样，吃和不吃一样难过的，拉和不拉都没有感觉。母亲把这些话用语音复述给父亲和郑梨听，整件事情的原委被碎成一段一段，充满了不忿的情绪。郑梨母亲最后说，外公走的时候，眼睛里流出了泪水。外婆亲手去帮他拭掉的，外婆说："你看，你爸爸是舍不得你们啊！"

她们母女俩吵吵嚷嚷，折腾了一个晚上。郑梨母亲忙不迭通过手机把这些琐事汇报给家里，最终也没有给外公叫上救护车，外公就这样走了。夜里九点，外公没了呼吸以后，外婆悉数通知了子女们、通知了外公的老单位、通知了外公的堂表兄弟，最后才通知了外公的亲兄弟。母亲说，这种通知顺序表现了老太太是一定早有准备，她和外公的亲兄弟们关系并不好。也有人在电话里说，在家里走，比在医院里走要好，持这样观点的人还不少。外婆说，是呀是呀。郑梨母亲说，其实她等这一刻等很久了，都没有耐心了。郑梨父亲问，那老太太现在人还好吗？郑梨母亲说，还好，通知完亲朋好友她就睡觉去了。

贾俊叫来专车的时候，郑梨下意识地拉起他的手来，他们俩是牵手进的电梯。结婚五年来，她已经很少会这样。从一个神秘的时间点往后，贾俊好像也不会再主动拉她的手了。贾俊比从前成熟不少，至少遇上这样的事，他再也不会问，"你外公外婆是不是感情不太好啊"（"你爸爸妈妈是不是也是啊……"）。但是偶尔，郑梨会怀念起贾俊每天有很多问题的时候。她从前觉得他中二极了，现在又怀念他单纯的时候。看起来一身正气，特别受不得委屈。他俩年轻的时候一言不合就火冒三丈，如今倒是都投奔通情达理而去，谁知道，激情也由此涣散了。郑梨还希望贾俊能问她些什么，又怕他真的问到了什么。

贾俊对此倒是没有异样的感触，他牵着郑梨的手，自言自语道："郑梨啊，你不是还给外公送了巧克力？那时候他吃了吗？"郑梨记得是吃了。但她没有说出话来。她那时不知道外公不肯吃鸡蛋羹，外公点头的时候，她是觉得有点疑惑。外婆那天还对她说，外公半夜自己偷偷爬起来找饼干吃，搞得床上都是饼干屑。然后外婆说，你们小青年工作忙，忙就不要来了，还是上班要紧，你爸爸妈妈过来就可以了。

郑梨本来想跟外婆说，外公好像很饿。没想到外婆抢先一步对郑梨说："外婆在家里啊，想想你的事就要哭，外面的人都很坏的，肯定都在说你，你们两个压力也很大的，你没事就在家好好休息吧，出去旅旅游，不要到这里来了。"

郑梨和贾俊于是辞别了外公外婆，他们本来打算过两个星期再过来的，走了几步郑梨发现手机没拿，又折返外婆家。推开门正看见外婆在客厅打开了折叠床。当时她觉得惊奇，外婆怎么睡在客厅里。外婆看见她，愣了一愣，又当没看到。圆桌上摆满了眼花缭乱的保健品，茶几下还堆着各种小纸盒包装。母亲每次去，都要帮她丢掉无数包垃圾。想来，对于外婆家，郑梨还是有很多不了解的事。这些事，认真说起来也不是很重要的。比方说，在专车上，父亲说，昨天老太太让我帮他洗个澡，替换衣服直接拿了一套寿衣。父亲问：老太太是不是悲伤过度，脑子坏掉了？按说，恨也算不上啊，老头对她一直都很好的，一直都很好的……郑梨没有回答，反正她觉得外婆的脑子，肯定是没有坏掉。外婆一直都是外婆。外公生病以后，外婆没法出门旅游，脾气就越来越坏了。但脾气虽坏，她脑子很清楚，一直对着外公念"我们不要给小辈添麻烦，他们都很忙的"。郑梨当时觉得这是讽刺她，现在又觉得也许不是针对她，这些话啊，真是让人想不清楚。倒是贾俊抓着她的手一路都没有松开，久违地，郑梨心下有些百感交集。贾俊突然说，我们买个车吧，还是方便一点。郑梨不响了。以往郑梨心情不好的时候会说，我们又没有小孩，根本不需要车。

到外婆家的时候，姨妈和舅舅正要出门。郑梨问，你们要去哪儿啊？有什么要帮忙的吗？姨妈说，没什么，既然不送医院，也只好明天再说了。舅舅说，其实你们也不用来，来一个人就可以了，陪陪老娘。你妈妈留下来陪夜，明天通知居委会，再去医院开证明吧。我们明天还要上班，先回去了。你们也快点回自己家吧，你们两个明天上班吗？

外公外婆的床，郑梨小时候也躺过的，那时候她躺在外公外婆中间，跷着脚看《封神榜》，姬昌吃伯邑考肉所做的肉饼，看《三国演义》，夏侯惇大喊："父精母血，不可弃也！"然后吃掉了自己的眼睛。以前的电视剧，现在想起来都很吓人的，当时倒是不觉得。童年的郑梨很喜欢外公外婆，因为父母经常吵架，郑梨心中对于模范夫妇的定义反而是外公外婆的样子。后来上中学的时候喜欢贾俊，也是因为贾俊长得有一点像外公。可惜这样的心里话，永远也不能说出来了。这些微弱的念头，伴随着熄灭的外公的生命，永远地在家族生活的雷达上消失了。

卧室看起来有些狭小，床上塞满了各种乱七八糟的东西，洋溢着一股可以忍受的怪味。郑梨父亲关了暖气，打来了水，让郑梨和贾俊去客厅坐着，他心里倒也有点避讳的，觉得小辈不应该参与这些事情，何况他们本来的压力也够大了。郑梨母亲一直在客厅里啜泣，精神恍恍惚惚的。她反而没有了微信里气愤的声音，整个形容都显得很凄酸。月光下，郑梨仿佛看到了地上的饼干屑，又仿佛没有。外公这样一个老好人，最后居然是饿死的，在这样的时代，居然还会有人饿死。这个念头让郑梨不禁毛骨悚然。当然，不受饿，外公也会死的。他不愿意吃东西，也许是因为绝望；他夜里起来吃饼干，可能是因为人还是有求生的本能的。夜里，他看到那碗放了那么多天的鸡蛋羹，心里会有多难过。

大家原为他可以死在半年后而感到高兴，后来为他死在眼下而感到一丝丝震惊，但似乎并没有人觉得外公本来此刻还活着这件事有多重要。郑梨明明把外公很饿这件事告诉了母亲，奇怪的是，母亲似乎也没有做什么。郑梨自己也没有做什么。

半小时过后,郑梨父亲为外公穿上了前几天没穿上的寿衣。他推开卧室门出来,问为什么客厅也不开灯,又不知道在对谁说,"人已经邦邦硬了"。

"妈呢?"郑梨父亲问。

"就在阳台里啊,你刚给爸爸擦身没看见吗?"郑梨母亲回答,"她每天睡不一样的地方,她真的老糊涂了,想怎样就怎样。"

此时郑梨看见微信家庭群的名称换成了"永远最爱的父亲大人"。小姨妈改的。完了还说:"大家辛苦了,早点休息。"

二

先前因为看病,郑梨已经用完了今年的年假。按规定,丧假是必须直系亲属过身才可以办的,郑梨识相地什么也没敢说。她让贾俊代为守夜,贾俊也没有怨言。这些日子,郑梨在单位的处境不好,台里这一年一直在重播旧片,没有广告收入。再这样下去,感觉频道关门是早晚的事。单位上上下下的人都在接私活。有一次她和贾俊接了一个片子,钱还没领到，就被人举报了，两人被领导约谈，都写了保证书，搞得像中学里一样。郑梨觉得自己早晚是要被开掉的，这才使得"怀孕"又添一些拯救的意味。万一现在怀上了，大概还能赖上一阵子。

两个晚上，郑梨在娘家陪母亲睡觉，母亲都睡得不错，听得到稳稳的鼾声。郑梨久远没有听见母亲打鼾了，这让她突然有点想哭。出嫁前，她有很长一段时间也是和母亲一起睡的。母亲的鼾声有时候会吵到她，后来听贾俊说，她也打呼，声音还不轻，也许是遗传，可惜自己的鼾声，自己是听不到的。自己的梦境，别人也看不到。亲人睡在一起有什么意义呢？如果普通人家的房子足够大，也许能把这种问题想得更加深刻一点、透彻一点。同床异梦，年纪越大越觉得平常得可怕。我们根本不可能和一个人睡在一起就做起同一个梦来，最最相爱的时候，也是不可能的。反而是鼾声，能让母亲成为母亲，父亲表现为父亲，妻子像一个心平气和的妻子。

郑梨父亲和贾俊，两代女婿，在郑梨的外婆家守夜，陪着外公的大体。郑梨外婆因为害怕，自己在阳台里支了张床。两天以来，郑梨下班后就赶去外婆家，火急火燎的。真的到了外婆家，又觉得自己是个多余的人，帮不上什么忙。郑梨问贾俊白天的事，他都有一说一，但基本说不出个大概，他分明有很多困惑不得解。比方他说，今天外公的堂兄弟们来过了，问为什么不设灵堂，外婆说，要么设一个。贾俊问，不设灵堂，那我们前两天的通宵叫什么？郑梨也不知道。就问他补眠了吗？他说，其实白天没什么事，睡过了。郑梨外婆出来看到他们俩，也不热情，也不悲伤。她问贾俊，你都不用上班吗？贾俊说，外婆我是周日周一周二周三周四上班。郑梨心想，不就是周日到周四上班，为什么要一天一天说出来，一天一天说出来，也不会听起来比较多。郑梨问外婆，有什么东西要烧吗？外婆答，你外公是党员，不烧也没什么的，他不相信的。

郑梨父亲忙前忙后，仔细看看似乎也不在干什么要紧的事。主要就是帮忙丢垃圾，外公的衣服、被褥、垫子、毛巾、手巾，甚至是喝过水的茶杯、吸管……本来应该要烧掉的。外婆说她不想看到这些东西，说她要整理房间了，让郑梨父亲去丢。郑梨父亲老实，就只好拿去丢了，一趟一趟。丢的时候说："衣服上都是味道，作孽，什么味道都有的。"郑梨母亲趁机也帮老太太丢了不少药盒子。那些奇异的三无产品，一点一点快把这户人家的空间吞噬掉了。它们的说明书、包装盒、保证书、防潮剂、药丸的粉末散落在这个家的角角落落、沙发的缝隙，嵌在一股尿味、胃酸、胆汁味道里。怎么丢也丢不完，怎么清扫也扫不干净。它们明明是带着健康长寿的愿望而来的，却散布着疾病和衰老的气息。外婆有时出来说两句叮咛，有时在阳台甩甩手甩甩脚做一些轻微的运动。殡仪馆把人车走以后，家里像是送走了一位麻烦的客人一样，大家都主动承担起一种如释重负的氛围。小姨妈是会计，发挥了特长，在微信群里做表格记账，以便未来公摊。郑梨刷了一下手机，看到表格末尾有一项写着"牡丹一包，31元"。那烟，显然是小姨妈从家里带来的。

郑梨母亲问，爸爸还有什么钱没有拿的吗？销户之后，到银行处理就很麻烦了。外婆说，他一分钱也没有，你们不要想他的钱。郑梨母亲去派出所销完户回来，外婆却拿出了一张存折，说这张漏掉了，还没有拿。第三天，郑梨因为同事要外出干私活，硬要郑梨跟她调了班，郑梨于是憋着单位的气回到外婆家，陪母亲去了趟银行。说来也怪，他们排了很久很久的队。有个人拿了张100块假钞去兑换，但他的钱半张是真的，半张是假的，因而他主张要换50。工作人员说不能换，因为钱已经收进来了，假钞就要没收的，如果你刚刚撕掉了，那么这张钱有一半是真的，可以作为破损，还能给你50。他说那我现在撕，柜员说现在不行了。他说，上个月明明还可以换的，不信你们调阅监控，我来换过的。然后银行就放着柜台的事不管，派人去调监控。郑梨母亲说，要不是因为销户了，今天就不排了，什么乱七八糟的事情。这场等待虽然无聊，却令母女两个有了难得的独处时间。

郑梨母亲说，有个小姊妹告诉她，有个朋友，五十多岁，钻石级别的单身汉，去美国办了代孕，找了一个日本女孩子生了儿子。小孩照片都辗转发过来了，她看到了，挺不可思议的，但蛮好的。唯一的问题是，小孩子回到上海就没有妈妈，这对于一个男孩子来说，真是很作孽的事情。吃遍天下盐好，走遍天下娘好。这种事爸爸都想不到的。对了，你们想去美国生吗？

郑梨说，我们的问题是没有钱。单位也是每况愈下。我们自己生都花了很多钱了，不要说叫别人生。母亲说，我还有套房子。郑梨于是沉默了。她心里肯定是不情愿的，何苦呢。哪有这样的事，花那么多钱，得到一个别人轻而易举就有的东西，只是为了证明自己和别人是一样的。如果她和

47

贾俊真的走不下去了，母亲还有个房子，不是蛮好的。这些日子，婆婆索性也不来烦她了，婆婆当时抓着她的手肘说，谁有问题谁出钱。郑梨没有说婆婆动作粗暴，但这话她是说给母亲听过的，母亲居然听进去了，这让郑梨有些心酸。时间一分一秒捱过，叫号极其缓慢地增加了十个数字，天都黑了。郑梨母亲说，你想好不要就算了，我也就是说说，我们家无所谓的。我看贾俊人蛮好的，像你外公。你再找，也不一定能找到这样的。

郑梨母亲又继续唠叨，两个人啊还是走得早的好，有人照顾……

回到外婆家的时候，郑梨心情有些沉重，但不是因为外公。员工群临时通知，第二天开大会，每个人都要到。郑梨心里觉得不妙，转而跟父亲母亲打招呼，明天要和贾俊晚点过来。郑梨转头对贾俊说，我觉得大概是坏事。这样一来，我们的事又要延后了。贾俊苦笑一声，说，其实都是天意，勉强不来的。郑梨知道，贾俊如今的说话之道，是前三年轰轰烈烈的争吵换来的。什么叫天意。到如今，两个疯狂过的人突然平静下来，表面上是没事了，可从那时起，平日里说出来的很普通的话，听上去都不止一个意思了。这是不是也是天意。

要说这段婚姻里,郑梨最怀念的,是有一次错把排卵试纸当早早孕测试,发现粉印后的一个小时是她和贾俊经历过的最快乐的一个小时,心中充满了感恩的人和事,眼眶含泪,却一丁点都不是因为历经过苦辛。那之后,郑梨经历了连环的手术、经历了宛若炼狱般的心灵苦行。每一次失望,贾俊都会带她出去旅行。国内好多地方、周边国家他们都走遍了。很多人都羡慕他们感情好,同时又问他们,有好消息了吗?还有人给他们发红包,好像赈灾。

大殓被安排在五天以后。郑梨问父亲,为什么那么晚再办仪式。父亲说,你小姨妈不肯用丧假。郑梨问,为什么?父亲说,丧假她说留着还有用,一定要放在周末。郑梨更加纳闷了,丧假还能留着有用。她还有直系亲属要死吗?谁啊?父亲说,你别再问了,我也不懂。

周末,殡仪馆人头攒动,天气说不上是寒冷,但也不让人自在。上海的风物也就在这个季节最苍茫不过。天空没有一块是蓝的,可能是白的,有时是灰的,像一种心情,中年人的心情。沉重的,但又是光明的。粗略看是看不出个情绪来的,只觉得平常。仔细想呢,又很怕想破了什么缘故,真正坏了心情。

正在发呆的郑梨,远远地看到一个人,从一台大巴上下来,头发上别着一朵白花。照理说,在这里看到这样装扮的女性并不稀奇,但这张脸,郑梨太熟悉了。

刘童。

身边的贾俊显然也看见她了,几秒钟后,他扭头回了礼堂。

郑梨看见,刘童身后还跟着一个三四岁大的小男孩。

三

人死了为什么要穿寿衣?据说是为了让远古的祖宗认得出来这是自己宗族的后代。但现在什么东西都是批量生产出来的,意思意思就是最大的意思。什么是远古的祖宗,如果没有遇上大的迁徙,那么街坊邻里、宗族乡亲,总要比隔一个户籍地来得亲近。穿什么样的衣服,无论生前还是死后,其实都是装饰,不作数的。有的人永远在台面之上,有的人永远埋在心底。有的人不管跑多远,他都是家里的鬼。有的人即使睡在一起,那也不是一条心。总之,冥冥之中自有安排。

贾俊记得自己爷爷过世的时候，从断气到入棺到出殡到做七，轰轰烈烈。哭丧歌都有各种套头，最热闹的就是散哭，仔细听调头里面的词，还能听到爷爷的生平事迹，做了什么好事，吃过什么苦头，借给过谁的钱，帮助别人渡过了难关。五七祭奠，那是一点不马虎，家里人无不披麻戴孝，孩子上学也要请假。无论空间大小，家中东西南北四个方位都要用八仙桌摆好祭品，爷爷的灵牌、香炉烛台、贡品礼器自不必说，还有一些小心意，会镶嵌在这些程式里。比方贾俊奶奶在主祭台上悄悄放了一盒范雪君的评弹磁带，特别不起眼，却是贾俊亲眼看到的。奇怪的是，奶奶放磁带的时候一声没哭，啜泣都没有。正经要哭的时候，哭得撕心裂肺，特别卖力，跟表演一样。在一干道士诵经的调头里，可不是随便唱唱的，还包括了点歌，都是付过钱的。贾俊母亲特地提醒他听，他们家一共给爷爷点了四首歌，不仔细听会以为是诵经，这样钱就浪费了。仔细听来也不好辨认，有一首是爷爷的确挺喜欢的《新白娘子传奇》，除此以外的贾俊都没有听出来，浪费了三首歌的钱。许多年后，贾俊已经不记得爷爷活着的时候发生过些什么事，那个漫长又还挺有趣的告别仪式，倒成为了他生命记忆的一个节点。听到《千年等一回》，也会想念爷爷。那时，作为长子的父亲，引领着爷爷的灵牌，跟随手摇铜铃的法师，在不知所谓的吟唱中，带着看不见的爷爷一步一步走向奈何桥。一步一步平安地走过奈何桥。然后，爷爷就把他们都忘记了。作为亲属的他们，围桥而立，即使什么也看不见，却看得十分认真，气氛极为庄严。

所以人跟人、家与家还真是挺不一样的。比方贾俊觉得郑梨家简陋，也不是头一回了。更年轻一点的时候，他想不到很好的词来表述这种感受，说着说着，郑梨就觉得他是不是看不起她，是不是不要她了。贾俊倒不是这个意思，但郑梨十分敏感，还在越来越敏感中。贾俊心里的简陋，并不是那种家庭环境方面的简陋，而是人情世故。按说，郑梨家不算清贫，人丁也不少，并没见他们老吵架，但就是让人感觉到一种逼人的简陋。郑梨外公的事，是个外人恐怕都看不下去。外公亲兄弟来家里的时候，大骂郑梨外婆是毒妇，成天佛口蛇心，连个灵堂都不舍得花钱给丈夫，把钱都送给外面的骗子，上当了也不知道。这些话，贾俊一个字都没跟郑梨说。郑梨也怀疑外公是饿死的，但丧事能办得这样冷清，家人还能如此相安无事、井井有条，公账连表格都做得出来，实在叹为观止,反而让人无话可说。贾俊尽量不去想,自己要是有一天死了,是会像郑梨家一样的潦草,还是像自己家一样铺张。这似乎也是这几年以来,他和郑梨婚姻生活中巨大的乌云。他原来以为这只是生不生孩子的问题,现在才一点一点想到自己身上去了。

在礼堂门口抽烟的时候,远远地,贾俊也认出了刘童。他们很多年没见了。早听说刘童嫁到澳洲去了,怎么又回来了呢。真是冤家路窄。

刘童和贾俊倒是真正的青梅竹马。两人在十八岁以前的履历几乎是相互复制的。两家家人也都认识。贾俊小的时候,刘童家比较有钱。他眼睁睁看着刘童一步一步长成了一个受到万千宠爱的青浦区小公主,从小就经常浪费食物,还到处分发零食。贾俊开始也看不上她,觉得她虽然大方,但是胖。刘童瘦了以后,那就另当别论。以貌取人的年纪,人人都会分到长长短短的因缘。中学以前,两人太熟悉了,熟到什么程度呢,刘童就仿佛是自己家里有钱无脑的堂表姐,过年都要走动,他俩横在屋里看周星驰看"三眼神童",跑到户外踢踢毽子、放放鞭炮,推推搡搡也是常见的事情。贾俊从来没想过有一天会很久都看不到刘童。刘童那会儿也没看上贾俊。因为她母亲看不上贾俊。老跟她说，结婚是第二次投胎，眼睛要睁大。刘童第一次把贾俊当一个男人来看，就是因为把眼睛睁老大了，贾俊帮她点眼药水。她很长一段时间都记得那个青春片般的场景，贾俊抱着篮球跑到教室里对她吼："眼药水拿出来，我去洗个手就来帮你点。"班里同学都觉得他们是一对，只有刘童知道郑梨喜欢贾俊，他们俩也许能成。这取决于郑梨的眼神，实在是摄人心魄的痴心。贾俊的想法，在那时反而是不重要的。郑梨对刘童说："你的眼睛是真有病还是假有病，我也想得这个病呢。"刘童觉得电视里的林黛玉活生生爬出来了，像贞子似的。但后来郑梨和贾俊真成了夫妻，居然也是因为刘童大学时的加火添柴。刘童不是没有后悔过，但这样的事和谁细讲？谁没有年轻过呢？

且不说郑梨从一开始就坦坦荡荡对刘童说，我中学的时候跟你玩，推荐歌给你听，借你 mp3，推荐电台的主持人给你欣赏，没一件是因为我喜欢你，而是我喜欢贾俊。但因为喜欢贾俊，我的确也开始觉得跟你做朋友蛮好的。刘童心想，呸，不就一个贾俊嘛，至于嘛。刘童几乎是尽其所能将贾俊从小到大的事情，包括爷爷奶奶外公外婆喜欢吃什么穿什么，姑姑婶婶姨妈的矛盾跟画宁国府荣国府的人物纲要一样画给郑梨看。但郑梨不要看，她对此没有任何兴趣。郑梨只问，那贾俊喜欢什么样的人？他最喜欢哪个女明星？他喜欢你吗？刘童心想，当然是啊，不然呢，可是我看不上他啊，其实我也看得上他，但我妈看不上他。刘童于是对郑梨说：贾俊这个人啊，自尊心强。心里都明白的，但是倔，倔好啊，你刺激他就行了，他一定会往相反方向走的。那要不我来刺激刺激他，虐贾俊，我拿手啊！我好人做到底，可是你真的想好了一定要跟他在一起吗？

郑梨说，嗯。为了他我不知道哭过多少回了。

刘童心想，你是有病吗？你哭你也不跟我说，果然是没把我当真朋友，只是利用我。你也太不是人了。但刘童又想，不就是个贾俊吗？那我连带你郑梨一起虐好了。男朋友，有的是。

刘童对郑梨说，你要有耐心。我妈不喜欢他，我要跟他在一起，我妈携带着背后大概几十号大姨大婶都会劝我们分手，这事吧，贾俊肯定受不了。所以你得忍耐一阵我和他一起的日子，在此期间我会跟他说你有多喜欢他，你也多跟我说说你到底哭了些什么玩意儿。完了我再把他甩了，我保证他会来找你的。你要保守秘密，永远！

郑梨说，好的呀。

那年她们二十岁。贾俊和刘童谈了七个月的恋爱，刘童就甩了他出国了。

贾俊后来果然来找了郑梨。郑梨一直记得她的诺基亚黑莓收到的第一条贾俊发来的短信是："今天星期天诶，你无聊吗？"

四

郑梨问贾俊，你们老家是怎么办葬礼的呀？是不是比我们城市里要复杂一点。

贾俊没说话。

告别的时候，小姨妈哭得梨花带雨，但姿态还是矜持的。舅舅也眼睛胀得红红的，虽然自外公过世那天以后，他们也没怎么见到过他。最后在选择谁陪去火化炉的时候，家庭成员之间出现了短暂的僵持。郑梨父亲说，那我去吧。贾俊说，那我也去吧。他们二话不说就上了车。郑梨本来也想去的，但不知为何又突然想陪陪妈妈和外婆。

郑梨外婆看起来很憔悴。也许是因为家里太暗的缘故,放到户外还是高亮的灯光下,她便难得地显现出风烛残年的那一面来了。奇怪的是,她这样衰老蹒跚,到底是怎么去的免费旅游,又是怎么买回来那么多奇怪的保健品,真是一个谜。她看起来连跨越一个区都要费掉许多体力,今年听说已经去过四次黄山了。听母亲说,那些销售员都会跪在地上对老人们说"妈妈,你怎么那么久不来,我好想你啊……"之类的肉麻话。小姨妈和舅舅也一致表示鄙夷,现在的时代,为了钱,真是什么话都说得出来啊。我们真的做儿子女儿的,这种话反而说不出口。老太太真是老糊涂了。

外婆仿佛要晕倒的时候,零星的家人又显得一团乱。

是不是低血糖啊?这么一大早的。谁有巧克力?小姨妈问。郑梨于是从包里取出一块来。上一块,她还是给外公吃的。好在,外公再也不会饿了。也不会有人知道他饿,不会有人假装不知道,不会有人知道了也不知道该怎么办。

郑梨心里还牵挂着刘童,但她也不敢回头再去找她,郑梨甚至希望外公这里能快点结束,或者刘童那里仪式的时间能长一点。她家族里是谁过世了呀?贾俊一定也认识的,真可怜。都把她从国外喊回来了,一定是很重要的人吧。她看起来有点胖了,一胖就显得矮了半个头。但气色还是挺好的,黑色的套装看起来也不便宜。她这些年都在干吗呢?她会不会还记得他们俩呢?

想起来,郑梨早早就把刘童发给她的最后的短信删掉了,但那台手机她始终没有丢掉。那台手机实在知道她太多秘密了。她要把它像石头一样埋在家里。比方刘童对她说,贾俊被我气走了,你放心,他恨我,他不会再来找我了。郑梨问她,我能问是发生了什么吗?刘童说,我说我妈看不起他,要我跟他分手。他不信,每天来我寝室楼下找我,给我送早餐。我给他看了我的签证,给他看了我的财产担保,然后丢给了他两千块钱,让他来找你,带你玩。两千块钱,够他在网吧玩两千个小时玩到中年危机,也够带着你玩到生娃了。郑梨问,他说什么呢?刘童说,你不是人。

郑梨本来是想琢磨,最后这句话是贾俊说刘童的,还是刘童顺便说给她的。但这不重要,重要的是,贾俊是真的喜欢刘童,还给她送早餐,这真令人伤心。郑梨越想越难过,最后不想理刘童了,真是的,有钱了不起啊。隔天郑梨又觉得,这事根本不是她想出来的,她错在哪儿了,喜欢人不犯法啊。这就更加生气了,索性不再回复刘童。在人人网上,郑梨看到贾俊把刘童删掉了，删掉之前，还去她的页面看了一眼。然后，郑梨也把刘童删掉了。删掉之前，去那里看到了贾俊的脚印。

但时过境迁，尤其是经历了巧克力囊肿、四次取卵三次放胚胎、输卵管介入……之后，郑梨忽然想起刘童最后一条短信中的话，是不是一个无心的诅咒呢？后来贾俊经常对她说，不要着急，一步一步来，到底哪一步才是第一步，她又已经走到了第几步呢？在一次一次取卵的手术室外，郑梨都感到十万分的恐惧。这大概是她这一生中真心想和丈夫同归于尽的时刻。她已经感觉到贾俊问她的一万次"疼吗"中掺杂了越来越多的礼貌和厌倦。有时例行公事一般的做爱完毕之后，贾俊用纸巾拭去身体上残留的液体，也会自嘲般地说上一句，"我们的孩子啊。"有一回郑梨听到这话就哭了，原以为贾俊会紧张，没想到贾俊反而看着她说："你们妈妈舍不得你们啊，都哭了。"然后高喊着，"父精母血，不可弃也！"假装要吃掉点什么，一跳一跳地跑走了。那个表情真是太吓人了。郑梨吓到连自怜都忘记了。

"你要保守秘密，永远！"记得刘童说。

"好的呀。"郑梨说。

五

二〇〇四年十二月二十八日,上海下了一场大雪。

那天放学后,大家都很兴奋。郑梨对刘童说,想去外滩玩一玩,看雪看江。她知道刘童会叫上贾俊。贾俊那时正在操场上和其他同学一起疯疯癫癫地滑来滑去。这节是体育课,上得十分涣散。老师们也知道,这样的天气,收不住学生们兴奋的心了,不受伤就好。郑梨和刘童则躲在楼上窗台前,两人捧着一模一样灌满热水的味全每日C塑胶瓶,眼看操场上其他同学滑来滑去。南方的冰雪天,最好看的永远不是雪,而是自以为不会滑倒的人。

窗台上有一些冰,冰上又敷着一层冰霰,可以划开写字。郑梨写了一个"JJ",刘童以为是林俊杰。说"风到这里就是黏"是什么意思啊?郑梨没有睬她,说:"26路人很多的,我们早点走。"

江边风雪里,贾俊一个人打着伞,他不知道该走向谁,走向谁才是对的。有个卖热珍珠米棒子的小店正放着《友谊地久天长》的歌曲。郑梨和刘童瑟瑟缩缩戴着帽子,越走越近,近到看得到彼此挂着冰霰的眼睫毛。

预展//"53：女人们"

叶　扬

叶　扬　作家、书评人、建筑评论者，笔名之一独眼，在建筑媒体任职。著有《胖子》《通俗爱情》《在无尽无序的汪洋里，紧挨着你》《请勿离开车祸现场》等长篇与短篇集。

一、安

到她家的时间比说好的提前了3个小时。这是我故意的。按门铃,听到她在话筒那边的慌张:"你……你怎么……"飞机当然不会早到,我只能说之前安排的会取消了,无处可去。通话器里传出她无法掩饰的叹息。

打开门,她穿着臃肿的珊瑚绒夹棉居家服,秋裤从棉裤里伸出一大截,裹住秋衣。她穿的是粉色的,我想她丈夫有一套蓝色的同款。居家服上满是深浅不同的斑点污渍,大概是孩子们弄的。她给我拿了一双绣花的拖鞋,我把冰凉的脚从黑靴子里拔出来,套进拖鞋,像跳进了她带路的兔子洞。玄关里洗衣液的化学薰衣草香掩盖着客厅传来的气味。

我看着她的背影,她的胯骨和屁股。

她已经是两个孩子的母亲了。

这一点到我站在被大落地窗外射进来的阳光弄得暖呼呼的客厅里时仍然不敢相信,屋里混杂着两个不同年龄小孩的食物、玩具,鼻子里满是体味、食物与排泄物的气味,到处都与孩子相关。坐在餐椅里的小小孩正在用手指从自己的饭碗里掏出性状模糊的东西向四周弹射着。稍大点儿的正冲她跑过来，揪住她肥大的裤管，把她拉弯了腰。

她转头看我，知道我在看什么，但现实情况没有给她掩饰的可能。她微微歪着脸，有些生气，颧骨上是生孩子之后留下的斑。

她已经是两个孩子的母亲了。"时光荏苒"。

她气哼哼地把孩子拉到一边，把沙发上的毛绒动物扔远，嘴里说着：你坐。

进来之前，想起她，我总觉得事情并没过去多久，甚至暗暗觉得也许仍然有挽回的余地，尤其是比较了我和她丈夫之后。

可现在，我发现我脑子里的评判标准有问题，我们大概身处于彼此隔绝的两个次元。

她的头发盘起，能看到耳边被汗沾湿的一缕碎发，以前做爱之后我很喜欢她脸上的红润与潮气，她闭着眼，钻进我的臂弯。

小小孩在哭。大小孩在他旁边。

她说：来了来了，几步小跑，向着阳光最好的地方。

二、我和安

我们好了三年几个月。那种以为会一辈子的好,在所有人面前放肆秀恩爱的愚蠢的好。

最后,她告诉我,自己和男人上床了。

"这不怪你,都怪我。"她哭着说。

当然都怪你。我还能说什么,嘴里还是冒出"那不怪你"敷衍了事的安慰,心里恨不得拿刀砍人。

我问她那人是谁。这人太大胆了。太混账了。太肆无忌惮。想不出我们的交往圈子里谁能干出这种事,即使那些人都大胆、混账、肆无忌惮。

她不说,只哭。

"你还护着他……"

以为撑满记忆的房间,很快就空了。她的东西一件不剩。大部分被搬走了,我摔坏了剩下的。曾经她给这个房间带来了色彩,正红,浓绿,荧光黄,还有一种带有神秘气息的近乎黑的紫色,她说喜欢放肆的冶艳。我全都毁掉了。只留下大黑大白的冷漠,之后,那个房间我也不想回去了。

有人问我愿不愿意去南京的艺术馆工作,我头也不回就走了。

她想要坚守的秘密，最终在一次开幕酒会的闲聊中传到我的耳朵里。我非常不理智地钻出会场，站在威尼斯的河岸边给她打了电话。那是北京早上五点半。

"那个人不会爱你的！他马上就会抛弃你！"我捂着一只耳朵对着手机大喊，迷幻音乐从古宅一次次被推开的门中传出来。

她挂断了。

等双年展结束，我回到国内，她已经不再接我电话了。

半年以后，她嫁人了。嫁给了跟艺术毫不沾边的一个胖胖的财务顾问，第二年怀孕，她不再工作了。

这几年，遇到我认为和她有联系的人，我还在问，她还拍照么？创作吗？他们的回答是，她当妈妈了，全职太太，你不知道她又怀孕了？

三、安

她在混乱中给孩子都喂了饭，冲进卧室，关上了门。门再打开的时候，她身上是背后拉链拉了一半的黑裙子，跑过来，让我帮她拉。

如果不认识以前的她，作为两个孩子的母亲，她的身材算保持得很好了，只是没有肌肉线条，背后的肉被尺码不对的内衣勒出弧线，又被裙子强调了一次。

她再出来的时候，已经化了浓妆，有了成熟女子魅惑人的风韵。

她还是在乎他啊……

"太浓了？"

"嗯。"

她戴上琥珀耳环，套上钻戒和玉镯。

这身打扮让孩子们感到陌生，心生畏惧，可他们只能接近妈妈寻求安慰，她又怕他们弄坏弄脏她的行头，躲躲闪闪，心烦意乱地说着："快走吧快走吧快走吧。"

她的公婆和小时工终于陆续到了。她已顾不上他们对她的装扮投来的目光，简单地交待了一番就催着我快走。

走吧走吧走吧。

我们要去参加预展。

吕飞寄来了正式的邀请卡，上面对着装提出的要求是符合本人日常穿着风格的衣服。她现在身上穿的肯定不合格。发卷在她背后富有弹性地跳动着,大概是昨天甚至今天更早的时候烫的。

除了预展的邀请卡之外,里面还有一张白色厚纸,上面无色凹印了一个数字——"53",下面手写了几个字,给我写的是"期待你来"。给她写的是"想与你再见"。字松散地分布着,他的字竟然写得还不错。这种话是敷衍,他很清楚我们会去。

路上,安问我现在还和吕飞有什么交集,我说大概是因为我的工作,也许他想让我所在的艺术馆收藏他的作品。

"是么。"她若有所思。

她问我是否了解吕飞在做什么。我说,大概还是女性话题。

他没有做过别的主题,只描述女人。

他上一个作品很轰动。在东莞以选美的方式从接客业者中找了16个女孩,模拟时尚杂志年度人物封面大片的形式,让她们在一起拍了一张穿着华服的照片,再以同样的姿态拍了一张裸照,就像戈雅的《裸体的玛哈》和《着衣的玛哈》。他把两张照片放大到12米长4米高的大小,制作成填色画,在画布上印出填色范围和颜色编号,他调色,让16

个女孩自己用画笔向画面中填充丙烯颜料。监控录像与摄影师全程记录了她们从拍照到绘画完成的过程，包括她们在画室里吃饭、睡觉、上厕所，像真人秀一样。据说画被一个富商买下了，挂在他私人美术馆的过道两侧。吕飞卖的作品是录像，以及这16个女孩的故事。据说，在这两张画完成之后，她们对自己的生活有了新的看法，有一多半离开了东莞。

在对安讲这个作品的时候，我突然想到吕飞对她做的事，和他对东莞女孩子们做的没什么不同，最终也改变了她的生活轨迹。

安本来是个艺术摄影师，我喜欢她的作品，里面包含着一个女孩的敏锐、神经质、疑惑，又带着玉石俱焚的果断。我纠缠她，追求她，与她在一起，一开始是因为她像一颗闪耀的星，我知道我没有任何才华，所以渴望借着她的光去体会梦想实现的感觉，后来……事情当然不同了。

安听我说完吕飞的作品，若有所思地说："我离所谓艺术太远了……他叫我去有什么意义吗……可他不会做无意义的事。"

是么？我不知道。

四、吕飞

安应该不知道她的离开对我的打击有多大。一度陷入漫长的恍惚,我在眼泪中昏睡去,在噩梦中醒来,一起工作的人说我站在处女花园里哭,而我全然不觉。不懂自己是怎么回事,明明几个月前分手的时候我冷静、果断,也许那时候只是没有说出来,我的心底仍然抱有希望,以为早晚可以挽回,或者,在那之前我会爱上其他人,比如在意大利遇到的冰岛艺术家,也许我会喜欢他的大胡子和有我两倍厚的木雕般的身体。

可是,知道她的出轨对象是谁之后,我感到的是无法言语的绝望。他们在一起的画面只要一闪现,我的身体都会发抖。

回国之后,我装做漫不经心地四处打听吕飞的行踪,他正好在上海,我不管不顾地从南京赶过去,跟踪了他几天。

之前我见他都是在各种展览当中,只对他面容苍白、身形消瘦有印象。他像古龙小说里会出现的那种身体不正常的高手,浑身冰凉,总是戴着一副过大的眼镜,露出疲惫又玩世不恭的微笑,很难说那是真诚。那时我还没有机会近距离观察他,后来当我发现他的眼睛是黄绿色的,像半透明状的晶体,我也吃了一惊。

他比我想象的沉默得多。我听说他总是和不同的女人在一起,但又没见过他在任何公开场合带着女伴。酒会上,人们总是想和他打招呼,找他交谈,总有人会把他引荐给艺术圈真正的金主。大概以为他健谈的印象是由此而来的吧。实际上他似乎不太说话,他的经纪人总和他在一起,但我几乎看不到他们交谈。经纪人常常在打电话,吕飞只是不发一语地坐在附近,他有时会用纸笔写或画着什么,有时只是直直地看着一个角落或者前方。我从没见他跟人主动联系。在一周之内,他接电话的次数是零。

与此同时,我向许多人打听他们对吕飞的印象,似乎没有人跟他特别熟,无论是艺术馆的人,还是其他艺术家,谈起他来既仰慕又嫉恨,说出的印象支离破碎、自相矛盾,他——特别容易接近、贪钱、很难请、不合作、任性、耍大牌、花钱如流水、不讲究吃穿、隐居、爱女人、和男人睡觉。也许这都是真的,也许只是信息太少而大家揣测太多。当你想了解一个人,而所有其他人的描述都无法拼成一个完整答案,该怎么办?

他的个人史更像一个谜。他在三十岁左右就做出了在艺术圈知名的作品,在纽约一家艺术馆带天窗的大中庭里利用旋转走廊的侧壁搭建了一座假的雪山、一座木屋,请了一名真的青海山区藏族女孩带着一只活的山羊在那里生活了一周。展期内每个半天只允许十个人走进这个展区,人们和她说话,但她笑而不答,专心看着她唯一的羊。当时的展评挖掘了所有关于意识形态、性别、全球性的贫富分化、气候变暖等等隐喻,可他没有回应。在许多年之后,接受艺术记者访问时,他轻描淡写地说,他们告诉他可以使用那个场地,他在那里看到了那座山、木屋、女孩和羊。

对于这场展览,可以找到的资料不多,艺术馆有一段很短的视频,一些散落的照片,包括"定妆照"——美丽的小女孩,紧紧地抱着她的山羊。

他一战成名,但那之前的事,包括他为什么会被获准在世界上最难进入的艺术馆做作品,都没有合理的解释。我找到了30种他的不同简历,每一份都对他29岁之前的经历讳莫如深,连教育经历都非常模糊,"……受教于……/……studied in……"一所非艺术类大学。有人说他家里非常有钱;有人说他依附于一位著名的女艺术家出道,真名实姓言之凿凿；有人说他天赋异禀，之前在国外学习时就备受关注。

一片空白。

那之后他从美国回北京，躲开著名艺术家聚集的地方，在偏僻的远郊找了一个厂房做自己的工作室。外界能看到的是他每年有一两个作品出现在某某艺术馆或者某项大展上，他本人像幽灵一般出席一些活动为那些不了解他的人站台，时而亲切多情，时而行踪诡秘。有人说他像杜尚，没什么经济上的需求，仅靠少许收入生活；有人说他富得流油，被人豢养。我打开时尚杂志最后两页，会在高端奢侈品的推广活动中看到他被夹在浓妆艳抹的女人之间。

我期待着找到证据证明他只是一个创作力低下、混圈子的无能废物。他以前的创作都不算什么，这个圈子有太多非常聪明最后却被自己的聪明反噬的人。

在梦里，我一遍遍地对安说，他配不上你。

即使醒来之后，我会心如刀绞地想着：我也配不上她。

我以为安应该对吕飞这个类型的人免疫，轻佻的男艺术家横行，他们实际上并不比骗炮的大学生持有更多筹码，以为自己很有魅力，殊不知女人与他们上床只是因为自己的寂寞。安不该寂寞，她有我……研究吕飞的同时，我一直在思考，安和那些女人们为什么会喜欢他，我小心翼翼地回避着最关键、最让我伤心的答案。

五、意义

他知道我在盯梢，也知道我是谁。

第四天，在一家茶餐厅，他的经纪人走过来问我在干什么，花枝招展又怒气冲冲。我说我只是看看而已，没什么。吕飞是个名人，想看看他并不稀奇吧。经纪人露出要比一般直男高深得多的挖苦的笑容："有些事你该放就得放。"

我本来假装漫不经心地叼着冰咖啡的吸管，听了他的话不得不直直地盯着他。

他耸耸肩："难道不是吗？"停了一秒，"你应该去找背叛你感情的人。像他这样的人不会主动追求任何人，因为不需要，你懂吗？"

我想是尾音上挑的"你懂吗"激怒了我，我几乎是从桌子后面跳起来抓住他闪亮衬衫的衣领。

他脸上露出惊讶，看着我的手，却轻声说："我说的难道你自己不明白吗？他们在一起只有一种可能……那就是她来追他呀。"

我正要失控，吕飞却站在我旁边，轻轻抓住我的胳膊。他什么也没说，拉开椅子坐在我身边，让领班安排把他那桌的菜拿过来。接下来，他说，你无非想知道她为什么要跟我在一起，既然是这样的话，我们就看看怎么找到答案。

为了研究他，我看了所有对他的采访报道。他说自己并不是一个艺术家，只是问问题，尝试找答案。

当天下午他要返回北京为一个展览做准备，再之后要去巴黎。"一周，也许能做点儿什么。"他轻轻捏着冰橘茶的吸管，搅动着，看浅棕色的液体与里面的金橘、柠檬和薄荷叶一起转动，以微妙的声音自言自语似的说着，"如果有意义的话……"我第一次那么近地观察他，看到他眼睛的颜色，黄绿色、半透明状的晶体，吃了一惊。想起安在我质问她的那个电话里说的："如果你是我，你也会爱上他，不，即使你还是你，你可能也会爱上他。"

那之后，我跟着他在北京待了一周。

在候机厅里，他转脸看着我："你知道我现在没有和她在一起吧。"

我为她感到伤心，在那一瞬间。

他露出苦笑。

六、在路上

吕飞的展览选在我最不喜欢的艺术区，建筑出自一个自负的艺术家之手，外行人造成的不合理之处很多，容纳了很多号称艺术中心的小艺廊，最初，大家在比着展示吸引眼球的怪东西，而后又在争抢有限的艺术家资源。

我和安下车下得太早，不得不走了许多弯路，中间需要穿过犹如城中村一样的地方，脏脏的矮楼之间路面坑坑洼洼，时不时要绕过夜里下雨留下的积水。安大概也很久没穿高跟鞋了，她一只手拽着大衣，一只手惊恐地抓着我的胳膊，走得歪歪扭扭。她身上传来是她的又不是她的香气，让我不好意思看她。我心里仍然有一股暖流，想让这段路走得时间更久一些。

"为什么给我打电话？"我问。分开以后，我的手机号从来没变过，但她打过来用的是我从不知道的号码，明明她在北京从未离开过。陌生号码打来三次，我才接起。最初的几秒，她在电话那边没出声。

"我的第一反应是,如果我收到邀请,可能你也会收到。我还想问你,谁给了他我的地址。"

"你觉得是我?"

"想不出这个圈子里还有谁会关心我。"她的语气平淡,因为加了假睫毛,眼神变得朦胧。

我不知道她的地址,而现在,要为我不知道感到愧疚。可我又为我的愧疚感到恼火。被背叛的人是我。

最后一次打听她的近况是半年前。问得很简单,她过得还好吗?"养两个孩子,当全职太太,怎么会不好?"友人热心地递给我她自己的手机,让我看她的微信朋友圈里发的晒娃照片。孩子长得不像她,也许以后会像,据说孩子生下来都会像爸爸,为了让父亲们感到放心。照片里,在两个丑孩子的头之间,她笑得很开心。

"以后有什么打算么?"我问,"还想拍照吗?"该怎么问,"摄影"?"搞艺术"?

"那有意义吗?"

……意义……

"我现在觉得只有孩子才是真的。"她说,"他们是我的一部分。"

我们曾经躺在一起讨论未来,她说她讨厌孩子,他们让她感到害怕,我还记得我心里暗暗想,也许等到你三十岁事情会不一样。那时,我们共同的一个朋友刚刚通过人工授精在美国生了一个孩子。我坚定地以为,我和安的关系牢不可破,那种操作也许有一天会是我们躺在床上望着天花板讨论的话题。

"你也该建立一个家庭。"她说,"到时你对世界的看法就会变。"

"变成什么样?"

她露出微笑,笑里既有宠溺也有得意,"会感到自己不再是一个人,像登上了一条船。"

我以为我会给她那条船。

她注意到我的表情,又低头看脚下的路。

"你丈夫对你很好吧?"

"他?大概算是爱我吧。"似乎我提起了让她不快的话题,她说,"我只在意孩子。他么……我不太关心他在干什么。"

"你给孩子拍照吗?"我比自己以为得更想逗她开心。

她果然立刻停下脚步,在冷风里掏出手机让我看她的照片,直到低温导致手机自动关机。她的孩子们在她的镜头里确实比在她家看到的真人漂亮、生动了许多,我想起她举着相机对着我的日子。

我们曾住在狭小的屋子里,可当时并没有任何不满,她总是端着相机拍我,无论我在做什么。有关我的照片,不是她最好的作品,但在一个关于女性艺术家的展览上还是得到了好评。如果以客观的眼光看,那一组照片有太多主观感受、轻微的色情,还有偏执与迫切的期待。没有颜色、没有花、没有任何性征,她的镜头里只有我的局部身体与我们的家,还有在我们分手前不久突然死去的猫。

我们默默地向前走,她突然说:"你知道我为什么和吕飞……"

不知道,但我不确定自己现在是否想知道。

"我问他喜欢不喜欢猫。"

"你告诉他噜噜死了?"

"对。"安说。

他大概很擅长处理这种状况,会专注地看着她,听她说。他一定喜欢女人悲伤的时候,觉得那很性感,有机可乘。可能我也会那样做。毕竟我和安能在一起,也是利用了她的伤感。

安说："他只是听我说话……我对着他一直讲啊讲啊讲，从那只猫，讲到你，

讲到我们，我对着他哭啊哭啊哭……我以为我很勇敢，可以和你在一起……不不，我不相信永远，但至少可能会有七年？十年？……"她低下头，卷发从她肩膀垂下来，那为他准备的发卷。

吕飞从来没说过他们在一起的时候发生了什么。

"那天我发现了我不想承认的事实，比如……我不是什么艺术家……只能被动地被人推着走，只是享受别人说，你是才女，好有才啊……"她学着别人那种尖细、兴奋的声音，"只满足于参加二流……"她撇撇嘴，"不，三流……也许是七八流……"她苦笑着，"……的展览，因为我认为我不可能做得更好了，我也不想去受那些苦。你还记得我写过一个'未来作品清单'吗？……那些都太难了……我只想像现在这样，过安逸的生活。"她冷冷地盯着我。

我把眼光移开了。那时，我总是对她说，你会变成特别棒的艺术家。她是我的光，我的星，怎么能变成普通人呢……我就像那种希望孩子去实现自己梦想的家长，以为只

要鼓励她就够了,我会给她精神上和物质上的支持,一再问她你想要什么,我都给你。

"吕飞说了什么吗?"我问。

"他说,当艺术家不容易也不难,全看你自己。"

我记得在北京,他的工作室里,他对我说"随波逐流和逆流前行,差不多"。

我和安没再说话。毕竟结论很残酷,我们的分手,不怨任何人,只是到了需要一个理由的时候。

来到展场,那里已经有很多人。大家在安检门前排队,抱怨着严格的安检措施需要每个人在一道扫描门前停留很久。现场来了一百多人,分成了两队,一队持有我们那种厚纸邀请卡,另外一队拿着另外一种颜色的请柬。我们这一队全是女的,一定有一个共同点,这让我有不好的推测。有这种想法的人,我猜不止我一个。大家沉默地排队,互相打量着。

安四处张望,感叹现在已经没人认得她了,回头问我:"你说这些人到底是怎么回事,我看见这一队里有好几个跟他交往过的人。"她用邀请卡挡住嘴,悄悄对我说,"你看前面那个穿黄色裤子的。他在2012年夏天跟她睡过。还有那个穿玫红色大衣的……"过了几秒,她微微歪头看着我,"……我还跟他们说这不会发生在你身上……"

我哭笑不得地呆看着她:"在说什么呀,听不懂你是什么意思……"

"这都是和他睡过的人。"安直直地看着我,她的声音已经到了周围人也能听到的地步。

七、预展

所有的展览都差不多,充斥着胶水、油漆未干的怪味。我们经过长长的黑暗的走廊,在其中只能摸着墙壁前行,有人在小声地笑着说吕飞是不是江郎才尽了,竟然要抄袭小野洋子的作品。可当我以为沿着蜗牛壳般迂回的黑廊将走回入口的时候,却进入了极亮的展场内部,墙壁、屋顶、地面,全是白色的,几道展墙也是白色的,它们被隐藏的强光照得白得发亮。眼睛过了好久才适应这种亮光,一阵眩晕,像走在无边无际的云上。展墙上有一个个标了白色数字的白盒子——他到底是如何做到区分微妙而不同的白的?盒子上的数字需要在微妙的角度才能辨认,可排布非常随意、随机,它们布置的高低也不同，像一个个鸟巢，从外面看不到盒子里面是什么，只有打开盒子上的小门，拉开一道白色的帘子，才能把一个人的上半身探进去。

安恐惧地抓着我："我不喜欢这儿。"

我也不喜欢，却还是握着她的手。

"我一件也不想打开看。"安嘟嘟囔囔地说着，"这里很冷。"

"可能是因为太白了。"我安慰着她。

周围的人们已经纷纷开始把头放入白盒子去看展品，有人不得不踮脚、微蹲，用难堪而别扭的姿势挤进盒子里。看过的人带着困惑的表情关上那道小门，走向下一个。

过了几分钟，我听见展场里有人在哭。

安选了其中一个，但盒子里无法容下两个人的身体，她执拗地让我在旁边等她，抓着我的胳膊把上半身探进去。这姿势看起来很不舒服。她很快退了出来，说："你来看看。"她的脸色煞白。

钻进去，我能看到的是一张照片，里面是一个被含过的微微融化的红色棒棒糖。突然耳边响起了一个女孩的声音："你要对我好啊……你对我好，我也会对你好……"那声音很甜，带着微微的诱惑。

安并没有在旁边等我，她快步地穿过人群，急切地打开、钻进每个盒子。我走到入口去抓住一个工作人员询问有没有展览说明，以及吕飞在哪儿。在她身边围着好几个人，大家的问题差不多，她惊慌失措地说她什么也不知道。

我听见有人在说："这大概是他交往过的所有女性吧。"

"这是在羞辱她们吗？"

"他是从什么时候开始做这些录音的？"

我相信他就在附近。这可能是他做过的最恶劣的事。对所有人，对他自己都很恶劣。

"……也太可怕了。他在干什么？要对全世界展示他收集的女性？……这有一点儿太……"

"私生活之所以是私生活就因为它是私生活啊……"

"……我刚才已经看见好几个了……没想到那个女画家之前和他睡过，她不是早就结婚了吗……"

"……我的天呢，原来那个艺术记者之所以能采访到吕飞是因为他们有过这种关系……"

"……你听见了吗？那肯定是她的声音。"

安在哪儿？

白色的展场里回荡着各个方向传来的窸窸窣窣的低语，像一组神秘的咒语。我希望能找到吕飞让他停止这场展览，可我又暗自好奇，想把所有盒子都看一遍……盒子里展示的只有一张关于某件物品的照片和一个女性的声音，酒杯、打火机、高跟鞋、手表、戒指、包……头发、指甲、手腕、脚趾，让我想起安曾经的作品，那些声音里有女人们对他说的话、笑声、背景音乐……几乎可以分辨是在什么场所。渐渐地，已经有人挡在盒子前面不让别人看了，这时我才发现，那些盒子的高低是根据它们所描述的人的身高设定的……

我找到安，从外面看到她在发抖的双腿，把她从她的盒子里拉出来。她看着我，浑身打战，用力地抓着我不放："别进去。"我不得不将她的手从我身上掰开。

"别……别听……"

照片中是一只猫的背影，黑色的尾巴、白色的肚皮，这不可能是噜噜，他知道这件事的时候噜噜已经死了，我们把它火化了，骨灰放在一个壶里。安离开以后，我把那只壶也摔了个粉碎，现在还能想起脱手一秒后的悔恨，虽然我扫起了大部分骨灰，但最后还是没有继续保存下来。

"……我害怕她……能感到她看着我，期待我变成更好的自己……我也想为她做到,可我……"能想象安最后的苦笑。

我呆立着,听到盒子里她轻微的哭声。

八、白色

当我出来的时候,她没有站在盒子外面,我四处轻轻地叫着她的名字,给她打电话,她没接。

"不用再联系了。"我收到她的短信。她已经走了。我连她是否看过我的盒子都不知道。

那里面的照片中是一面很大的镜子,倾斜着,对着他工作室的落地窗,反射着窗外一米多高发黄的枯枝和飘散的被晒黄的窗帘。

"……身为女人对我来说到底有什么意义呢?……不知道自己是谁,想要什么……"那段话背后,是《The Impossible Dream》,Cher 在唱着"To reach the unreachable star……"

那发生在我跟着他回到北京的那一周。一开始,他忙于为参展作品做准备,每天很早到展场,夜里才离开。一堆服装展陈用的塑料女体模特,早已按他的要求喷成了深蓝色，放在房间一角。他却花了很多时间在一个没有特点的场地上来回走，最后一天才给搭建团队提出了少而明确的指示。他早就知道，无论他决定怎么布展，无论时间多么紧张，他们只能按照他说的来，而他只有最后才能决定。

我问他在想什么，他只是笑，用略带疑惑的眼神看着我，像我问了一个蠢问题。最终，塑料模特们一个接一个地随意把手搭在前一个的裸体上，手落在胸部、臀部、腿上，围成了一个紧密的圈，令人羞涩地站在一起。

"这是在讲同性恋吗？"我觉得自己被冒犯了，怀疑他是有意叫我来的。

当晚，我看着他自己用金色带刺的铁丝将她们缠在一起，把他手上的血涂在她们身上，她们像在无奈地强忍着。

我惊讶地看着他，他的经纪人只是耸耸肩，递给我一盒创口贴，让我拿给他。

展览顺利开幕，他赢得了最多的议论。

"成功吗？"我问。

"太随便了。像大学生的作业。"他笑着说，"不过我喜欢疼的时候。你也一样吧？"

他的工作室大而冷，他不得不拖出角落的一个电炉打开。

"不冷吗?"

他摇摇头,伸出苍白的手指:"冷一点儿会让我意识到身体的存在。"

"你是不是经常带女人来这儿?"比如安。

"我带她们去她们想去的地方。"

"然后呢?"

"可能是做她们想做的吧。"而后他默不作声。

墙边堆着一些画,我一张张翻看着。一张张白色的画,各种各样的白,仔细看,其中有一个个乍一看难以辨认的人,需要很费力才能依稀看到他们的身影,有些人在沙发上坐着,有些人倚在床上。

"这是什么?"

"我遇到的人们。"

"为什么他们没有颜色?"

"需要颜色吗?那不是颜色的问题。"

"会拿去展吗?"我问。

"不会。只是我记录的方式。"

"记录……这些人重要吗?"

"对我来说还有什么人是重要的吗？……对你来说，什么人重要呢？"他明知故问，脸上是玩世不恭的笑。

"你已经把她拿走了。"

"没有别人能拿走谁。你很清楚。"他直直地看着我。

那一夜，我们并排躺在他工作室的床上，有一搭没一搭缓慢地说着话。我讲到对安的感情，渴望她成功，替我去实现那种成功，他没有安慰我，只是听着。我们没有做什么，我差一点儿相信他也没有和安做什么……那已经不重要了。

他要飞去巴黎，清晨，我们疲惫不堪，分别去冲了淋浴，我记得他站在那面镜子前对我说："这始终都是别人的身体。"

"怎么会？"

我忘不了他当时的样子，瞄着镜子里苍白、瘦削的裸体，又微笑着从镜子中看着我："我曾经有别的身体，我以为不快乐是因为我想变成现在这样……可是……这像在开一辆别人的车。所有所谓'创作'，遇到的你和其他那些人，好像都是为了让我搞清楚这是怎么回事。可我还没有搞清楚……"

九、最后一个盒子

人走了一多半。许多人发现了自己的盒子已经羞愤离开，另外一些人在这个令人头晕目眩的空间里饶有兴致地一次次钻进盒子，即使他们无法判断哪些看过了，哪些没有。

有一个盒子上有两个不易察觉的数字，既是 0 又是 53，首尾相连的回文端点。开始，也是结束。盒子里寂静无声，有一张小孩的彩色照片，短发的孩子严肃地对着镜头，瞪大了黄绿色的眼睛。

我相信那是女孩。

今天你的手好暖

于 是

于 是 作家、文学翻译。著有《查无此人》《你我好时光》《有且仅有》等长短篇小说,《慌城孤读》等散文集。译有三十余部英美文学作品,包括诺贝尔文学奖得主奥尔加·托卡尔丘克的《云游》、布克奖得主玛格丽特·阿特伍德的《证言》,国际布克奖得主玛丽克·卢卡斯·莱纳菲尔德的《不安之夜》、橘子奖得主珍妮特·温特森的《时间之间》《橘子不是唯一的水果》、美国国家图书奖得主斯蒂芬·金的《黑暗塔》《杜马岛》等。

第一程：风吕

铁板烧在酒店大堂深处，硅藻泥的墙面上有盏暗淡的灯，照亮"丹芍"二字。有着如此香艳名号的店只有一排弯月形的黑色座位，最多接待四到六位客人，像是高级酒店理应附设的高级餐厅的超迷你版本。负责料理的是一位五官相当立体的年轻男子，有一双极其白皙、骨节分明、手指修长的手。

那晚只有两位客人：她眼中有光芒，从猫眼上翘的眼线流转到他的指尖，再向上游移到他的眉眼，再向下游移到黑色的围裙；我目不斜视地看着铁板上滋滋作响的蒜片、软塌下来的黄油、牛肉由赤红转成褐色、黑胡椒撒落，它们颠仆滚叠，眨眼间融为一体，被薄薄的铁铲抄起来，笼络到我面前的陶碟里。

她说："我还想要一块。"但年轻厨师已平均分配完牛肉，迟疑地问道："是否需要再加一客？"从他拘泥的态度来看，应该没有意识到这是她撒娇式的调情。我夹起一块嫩嫩方方的骰子肉，放到她碟中。厨师略有歉意地抿嘴一笑，露出右边的酒窝，好像心安理得地发现这个女人虽然面对着他讲话,但其实是说给那个女人听的。而那个女人虽然没有左顾右盼,却时时刻刻紧跟这个女人的动态。

在鳕鱼、野菜成熟之间,她不断地讲话。"我们会在这里住三天。对,来泡温泉,还有一件大事要做,你知道住在仙花陂的贤婆吗?你怎么会不知道呢?她那么有名,能看前世,能观落阴——就是下到阴曹地府看生死簿,还能预言未来。我这位好朋友最近很衰,所以陪她来问问贤婆。好吧,你是男人,不信这些也很正常。男人永远不懂女人一辈子血雨腥风的困扰。我看你不像这山里的人,大概是没机会听说仙花陂贤婆的名气。你是混血吗?还是哪个我叫不出名字的少数民族?噢,我对族群差异不感兴趣,因为每个族群都有好看的人,比如你。"

在蘑菇、鸡块成熟之间,她不断发问,得知厨师二十八岁,父亲在城里开了一间铁板烧,他尚在学徒未满的阶段,但在家乡新建的高级酒店里刚好有这么一个价格相对便宜的小店面,父亲便允许他尝试独当一面。早晚,他将会去那座几千万人口的大城,接下父亲的事业。我注意到,他在回答之前戴上了倒扣在下巴上的透明塑料口罩。她接着发问,得知他父亲开了二十多年的老店其实非常有名,就在最热闹的地段，她突兀地尖叫起来，自顾自地大笑，令我瞥见她牙膛内侧残留的食物。"我去过那家店呀！想起来了，有二十多年了，是一个老男人带我去的。那时候，吃铁板烧很贵。蛮好吃的，说不定我尝过你父亲的手艺呢。太奇妙了，先后吃到父子两人的手艺。"她夸张地用手肘撞我，扭过脸，又令我看到她的唇彩斑驳，吃掉了大半。

我认识她已经有二十五年了，也许因为最近我的话很少，显得她最近的话特别多。自从产床边的护士怯怯地告诉我那是一个足月的死婴后，很多废话就在我的世界里沉下去，像一坨一坨死沉死沉的铁块。难道所有的话不都是废话吗？日常，工作，赞叹，撒娇，调情，表白，哭诉……在我的世界里，哪怕我一言不发，所有准备好接收话语的人都早已明白我要说什么，我怀疑，哪怕我还没开口，他们和她们就已经准备好了安慰我的话。现成的，真心的，规规矩矩但毫无新意的废话。

我在心里快速推算了一下，二十多年前，她会跟哪个老男人去吃昂贵的铁板烧呢？我们是父母、老师、朋友和同事口中那种"无话不谈"的闺密：十几岁在学校里同进同出，二十几岁同租一套公寓，我作为唯一的伴娘参加了她的婚礼,而三年后我结婚时她有孕在身,不能再当我的伴娘。我怀孕时她把孩子穿过的旧衣服旧玩具都拿来给我,但我没有生下可以享用那些的婴儿。当我一周前提出想要来这里泡温泉的时候,她决定和我一起来,并特意提醒我,"我们从来没有单独旅行过啊!"是啊,总是有别的同学、同事和男朋友们在场。无数人说我们就像对方的影子,粘在一起,时不时也会识相地自动让位,让对方和男人们充分相处,也让之后彼此的交谈更有话题。

她的筷尖伸到我碟中,夹走了一片色泽金黄的蘑菇。就像是回应,我也到她碟中夹走了一块鸡肉。正在料理龙虾的年轻厨师看到,很懂事地拿出一只大圆盘,放在我俩中间,不再分餐,把龙虾肉切成小块,放在一起,浇上奶白的调味汁。

整顿饭,我只讲了一句话,在她看着厨师一遍又一遍擦拭铁板厨台,一次又一次为她加茶,招待两份甜品后,我终于说道:"我要去泡汤了,你呢?"

厨师说虽然今晚没有别的客人了,但他依然不能提早打烊,要去厨房收拾、准备,那是如同修行的事,不容更改。她犹豫了几秒钟,转头对我说:"我不行。聊得太开心了,心静不下来，我还是去酒吧喝一杯吧。"

结果就只有我一个人去花园小丘最高处的露天风吕。

不知为何，我最近总想泡温泉，也只想泡温泉，相比于美食、睡眠、工作、购物……温泉这东西好像散发出令我不可抗拒的磁力，或者说，像一个漩涡，令我很想、很想、很想用足尖点破表面的沉静，倾身俯就，卷入很深、很深、很深的暗流，从边缘渐渐陷入原点。

大概是因为房间里都有私人汤屋，或是因为已近夜里十点，露天的公用风吕竟没有旁人，我得以从容地更衣沐浴。在关掉水龙头的瞬间，发现户外传来的水声淙淙变得格外分明，水喉滴下最后一颗水珠，也听得非常真切。这样的白噪音让我突然有点后悔没有独自前来，又隐约觉得是她的聒噪在挑逗我滋生出这样的背叛心，继而又安慰自己，人在低谷时总该有个伴侣，这样显得比较健康。再说，我本来就不擅长在低谷时独自出游，更何况是这种女性力达到最低谷的时候，她是我寻求的安心保障，比任何男人都更让我放心，也是唯一的可选对象，是的是的是的……

就在围绕她和废话和白噪音的混乱思绪中，我慢慢地走向青石板小径，将大毛巾搁在木凳上，踏上温泉池边的石阶,点破了一整池微微颤动的静水,带着地表之下矿物气息的热水淹没我的低谷时,一切思绪都像多余的水溢出了池沿。

眼睛闭上,毛孔舒张,每一部分的身体对热度和水波的触感都有所不同。听着小石雕喷水口下的泉水叮咚,再听到整座山坳里的寂静。把眼睛睁开时,晃动的新月倒影在水中摇曳变形,就像依傍在我怀中的生灵。我蜷曲身体坐在水中,大概也像是在假想的子宫中吧。

回到房间时我困到不行,满脸满身红通通地睡了过去,不知多久,被她冲澡的声音吵醒。她很快出来,脸孔也是红通通的,"我多喝了两杯,不能去泡,会醉晕的。"我嗯了一声,闭上眼睛,却很快感觉到有持久的凝视落在我脸上,勉强睁开眼睛,发现她半敞着浴袍,用床头柜上的记事本和粗笨的铅笔在画画,一边画一边朝我瞄过来。

我早已习惯了。她会在餐厅里的餐巾纸上画隔壁的男人,会在高铁上用星巴克防烫杯托当画纸,会在夜店里用某人裸露的肢体当画纸,当然,还有我的化学课本,她把那一页的分子式全部画进了一幅以老师为主题的四格漫画里……但她很少画我,我实在平淡无奇,也不适合做漫画的素材。

高中毕业时她决定不考大学，我曾问过她，为什么不好好画，去考个美院。她回答我说，画着玩才好玩，靠画吃饭就太逊了。

"露天的怎么样？"

"很好。池子旁边有很高……很高……的松树。"说完这句我又睡过去了。

早上醒来时，我看到床头柜上有一张奇怪的画：有松柏围绕、明月当空的温泉池里显然是我露出肩膀，闭着眼睛，坐靠在圆弧形的池内，神态安详得像尊菩萨。但坐在池外的是五官立体、右脸有酒窝的年轻男子，他的面前有一只圆形的餐盘，两边有刀叉，盘中有一些形状莫辨的线条。这次不是漫画体，而是正经又写意的白描。

"我不能陪你泡汤了。泡汤的事泡汤了！"床头柜那侧突然传来讲话声，她背对着我，却好像看得见我已经醒来，并且在看画。"大姨妈来早了。百年难遇。"她转过身来，"大概和你在一起就被传染了。你还是那样没规律吗？"

"早早晚晚而已，不算离谱。"

我起身往洗手间走，觉得这对话有种似曾相识的感觉，刷牙刷到一半时，突然想起来，十五岁那年，她第一次跟我说话就是在学校的女厕所……我躲在里面,忐忑地撕开封口,冷不防地听到隔间的女生问道:"哎,有卫生巾吗?借我好吗?"我当即愣住。我知道班上所有女生都来了,但我一直没有。这件事让我紧张,很怕自己是传说中的石女,每当看到班上女生神神秘秘地在手心里、口袋里塞好装备去洗手间,或结伴在操场边的树荫下休息聊天时,我就有种深深的孤立感,好像明明在同样的年纪,她们都拥有成为女人的资格,只有我没有——明明不是小孩了,却被排斥在女性团体之外,就是那样一种不属于任何人群的卑怯,必须隐瞒的自我边缘化。

"你是林亦洋吧?我看到你进了这间。妈的,早了一星期,这东西真的太烦人了!下辈子绝对不当女人。"

既然被叫出了名字,我就不好意思再装聋作哑,"没有了……用掉了。"

她不依不饶——否则还能怎么办呢——"回去帮我拿一个呗,你不是也正好来吗?"我嗫嚅着答应下来,其实手中的是牛皮纸的信封,一封我期待已久的回信。我匆匆忙忙把信纸抽出来,匆匆忙忙扫视孤零零的三行打印出来的字,以及署名。怎么说呢,那位名噪一时的年轻作家给读者我的回信真让人失望，而撕开它的声响，竟被她以为是撕开卫生巾的包装。

后来，我跑去学校小卖部给她买了一包，从隔间门下面递给她。那是我有生第一次买装备。第二天体育课，她搂着我的胳膊大大咧咧跟老师说，我们例假。第三天，我的竟然真的来了，简直要喜极而泣，几乎就此相信坊间传言：这是会传染的。我的就是她传染给我的。我们之所以会成为好朋友，一次又一次，都好像有鲜血的证明。但我希望这次不要受她传染，如果不能泡温泉，我会非常失望的。

事实上，几乎没有女生是她的好朋友。

她是转校生，单亲家庭，对自家事讳莫如深，我们只知道她有妈妈和姐姐；她不算好看，但腿很长，丹凤眼，桃花唇，常用警惕的眼神看着别的女生；简而言之，就是所有女生都不会喜欢的那种女生，又招惹男生喜欢，又不和女生交换秘密。除了我，因为我对任何人都没有威胁性——除了在我体内活到死的那个胎儿之外。哪怕流的血已足以认证我能加入女性群体，卑怯之情却始终不曾被冲刷殆尽。我一直尽可能地在她面前用纵容弥补那种卑怯，不让她轻易发现我在很多方面都自觉不如她，乃至她们。包括最近，流的血也已足以认证我该加入母亲群体，但导向的是终极的卑怯。从出院到现在，我不曾在她面前示弱，不曾哭诉或崩溃，事实上，我宅家避世数月，最后只在微信上敲了一句话给她，她秒回：好，我陪你去。

数月间，没几个外人或老朋友主动来找我，大家都忙着自己的小生活，也只有少数人发现：曾在朋友圈里炫耀大肚子的女人并没有下文要po。也可能大家口耳相传，心知肚明，但都避而不谈。这让我欣慰，但仔细一想，也觉得挺可怕的。在同样的年纪，在鲜血淋漓的分界线上，她们和我再次分立两边。

从女孩到女人，年龄显然不是具有定义性的划分标准。通常世人会认为是性，但也许为人母才是真正的界限？也可能，根本不存在任何可堪界限的事件，有人生来就是成年人，有些人到死都是小孩。外国人更直截了当，不管女儿多大，都可以称自己为女孩。但我的女孩不存在了。

我对着酒店洗手间里比自家宽大四倍的镜子，打开所有的灯，再次确证那张平淡之极的脸上没有多余的表情。洗手台上的瓶瓶罐罐不多，我们说好了，共用卸妆乳、粉底液、身体乳、充电器、电动剃刀……

第二程：雾

那天云淡风轻，午餐后，我们拿上各自的太阳眼镜和遮阳帽，从地库取了车，开进几公里外的山村。在老街散步十分惬意，走过老阿婆的小吃摊，逛了古朴的花布店和竹艺店，手工编织的竹篓子、竹篮子特别可爱，带着不染风尘的天然稚气。她买了一只挺括的竹编方匣，说要放在玄关，一家四口的房门钥匙、两部车钥匙都装得下。中年老板不失时机地夸赞，"真看不出来有一对儿女！还以为你才二十出头！人生赢家嘛！"这种话，简直能瞬间毁灭满室清香。她笑着回答，"这要多谢我这位好朋友，我老公是她介绍给我的呢。"这句话，更是瞬间秒杀了风和日丽。我竟然还能微笑，惺惺作态，但讲了句真话，"是啊，那么好的男人，我最喜欢了。"但我有多久没见到他了？他们婚礼之后，满月酒之后，现在乐乐上小学了，悦悦上幼儿园，我二十二岁时的暗恋对象现在有肚腩了吗？还爱打羽毛球吗？还能用流利的英语演讲美国民主和中国民主的异同吗？还记得我曾以她为借口，终于不再躲闪，直截了当地约他去 KTV 唱歌吗？

老街的石板路反射着晌午白亮的阳光。"要不要开车上山顶？"我们走回停车场时,她这样问。我的脚步停了一拍,反问她:"不是要去找贤婆吗?我以为她就在这村里。"她把车钥匙扔过来,"有点困。你开吧。"说完就坐进了副驾座。

打开导航,林志玲的语音气定神闲,我却发现不知道目的地在哪里。她凑过身,很娴熟地设定为山顶的什么观景台。"你来过?"她戴好墨镜,扣好安全带,我从侧面看得到她闭起了眼睛。等我开出了停车场,依照指示开出了山村,驶上山路,她才轻轻回答:"是昨天的厨师告诉我的。他说那里看夕阳很美。"

导航屏幕上的缩略图很吓人,山路像羊肠细弯扭折,显然是在恶劣的山体条件下艰难开凿出来的,常有可疑的急转,每每数十米就要转弯,幸好来往车辆很少。开着开着,阳光不见了,我摘下墨镜。我并不知道这座山有多高,但开了二十多分钟后,突然起了雾,想必是在山阴或山腰。本以为迷雾会很快散去,毕竟山下阳光灿烂,但越开,雾越浓,车速从四十跌到三十、二十,近似龟速,前后左右全是白茫茫一片。

"好吓人,从没在这么大的雾里开过。我要停下来等雾散掉。"

"别停在路上,谁知道前后有什么车过来。"她终于摘下墨镜,眯起眼睛往窗外看,"哇!仙境啊!"

"仙境里有人战战兢兢开车的吗?"我又慌又气。厨师介绍的,就一定要来吗?就一定要我开车吗?她不是二十岁就拿到驾照了吗,骄傲得不得了,开着男朋友的桑塔纳到大学门口接我兜风?"那你来开。"

"我要负责找路。你慢慢开,没事儿的。"

"找什么路?不是去山顶吗?"

"找仙花陂。高人都住仙境。凡人才住高层。"她不知从哪儿摸出一张皱巴巴的纸,展开时发出脆生生的响动。"你看,我有地图。"

我轻踩刹车,扭头定睛看了两秒钟。"这上面只有一棵开了花的树,树下有个小平房!这是厨师还是调酒师还是前台画给你的?"

"是很多年前画的。我画的。你看,当时的信纸多薄,简直是透明的。"

我握着方向盘,看不清那上面早已模糊消隐的手写日期,只得作罢。但我可以把车速升至三十,四十。浓雾依旧遮蔽一切。

"你慢点开,别生闷气。"她从杯托里拿出矿泉水,喝了一大口。"之前没告诉你,是怕这次找不到,因为我也没把握。贤婆没有门牌号码,也没有公众号,就算搬家了也不会推送我。你开慢点,雾都晕了。"

"这么大的雾,怎么找啊?至少要有个方位。"车速退到二十,柏油路面上的白线在雾中若隐若现。我一如往常,会把对人的怒气、嫉妒、自卑掩藏在对实际事务的计较中。不知谁跟我讲过,只要内心有动念,有情绪,有想法,哪怕表面装得再好,别人仍会感觉到——以直觉的形式,感受到电流式的微妙变化——当然,只有非常熟悉你的人才猜得到表象之下的真正原因。我和她之间,二十五年来,通常是她猜得透我,我猜不透她。

"没有坐标,没有地址,没有照片。但你相信我,就在这条路上,上山时在左侧,下山时在右侧。不过上次没有大雾。搞不好是城里的雾霾吹过来了,搞不好是神仙在发功……"

"你不要胡扯了!"我很少这样喊叫,不管对她还是对任何人,但在那个刹那,我有一种强烈的直觉,死死握紧方向盘,好像要把一股无名之火捏碎。我觉得她常常骗我,也许根本没有贤婆，也许只是因为她随口说要改运我就信了，还屁颠屁颠地开了上千公里的车，想要听贤婆指点迷津，摆正未来的幸福安康，所以她只能带着同情和鄙夷来敷衍我，那就是她唯一可行的关爱。她甚至不愿和我去泡汤，也许是不愿和一个失败的母体赤裸相依，怕被我传染，所以只能搬出蹩脚的理由，和我十五岁那年一样，以为鲜血是可以随谎言来去自如的，因为鲜血是最私密的，而谎言就是我们唯一可行的，对自己的关爱。

我们何尝有过形影不离的日子？大概每一天都有用谎言敷衍对方的行径，甚至就在倾诉秘密、完全坦诚的时候也难以避免。我们之间总隔着一层不点明，甚至不命名，甚而不合理的嫉妒。大雾浓密，仿佛空气中不再有空隙。大雾飘荡，似有黏稠的质地。我沉浸在直觉中，忘了去想，那也许只是幻觉。

"山上就是这样，这儿雾气弥漫，那儿阳光耀眼。这不是我胡扯——当然，我确实跟你胡扯过一些事……"

"比如？"

"哈！你大概是听不出来真假的。比如……我想想……汪正并没有把那条床单扯下来拿去炫耀。"

我紧盯车窗外的大雾,没有做声。

"我们并不是在那套租房里做的,第一次,其实就在后台,那天你也在,我们在第一排看完演出,小钉子叫了外卖,你和他们一起等餐。汪正把我拉到一间黑漆漆的储物间,地板很脏,他把我的长围巾铺在我身下。看到有血,他蛮惊讶的,有点慌,所以做得不了了之。但他把那条围巾拿走了,说要永远记得我。想想当年,都挺傻的。"

我永远会记得汪正的家,因为那种破败和苟且是我的世界里不曾见到的——甚至比我第一次到她家去时更震惊,她家的租屋已是房龄四五十年的老楼了,但收拾得很干净——几个捉襟见肘的男生在老住宅区五楼租的房,厕所很脏,厨房里四面八方都是油腻,左边是不足六平方米的隔间,摆了汪正的床。当年,她带我去黑漆漆的酒吧听他们唱歌,其实不太唱,大部分时间是抱着乐器玩儿效果器,制造出刺耳或悠扬的实验音乐。去了几次后,很自然地,就和乐手们一起回到汪正家,吃东西,聊天,看碟,歪歪扭扭地挤在沙发里。如果没有她,我永远没有可能身在这些人的生活现场。谈不上喜欢他们的音乐,甚至对他们所欣赏的外国乐队的音乐也基本无感,但终究有强烈的好奇,或是某种我至今也无法定义的虚荣——可以让教授父亲、科技研究员母亲为我打造的安逸文雅的生活显出不足和无知，可以证明欲望的另一个象限——观念性地鼓励我尽可能融入那群人，模拟反叛。说得残酷一点，那时的我应该是把她和他们当作与众不同的青春的配饰来尝试的。当她告诉我，汪正将她身下沾血的床单扯下来，拿到厨房和厕所右边的客厅里给乐队成员看，还听到他们欢呼的叫声时，我假装镇定，没说出口：我认为那是多么卑劣愚蠢低级粗鲁……但从那之后我再也没有去过他们所在的场合，那段肤浅的接触转瞬即逝，就像人生中谁都会有的某些浮光掠影的旅行，无论对过去或将来都不具有改变力。

"因为你明摆着很失望，却好像漫不经心地说自己明明是第一次，却没有见血。"她看着右侧车窗，继续不问自答，"我觉得那没什么大不了的。很多女孩都是。不管是十八岁还是二十八岁。也许男人不相信，所以你不高兴。那样不好。我胡扯一通，大概因为内心里在唱反调：所谓正常的第一次在愚蠢的男人那里，还不如不见血，没有证据，没有让他们那种可恶的男性思维狂妄自大的机会。"

车速十八。年龄十八。白茫茫一片。不见血。没有证据的处女。可是,处女为什么需要证据呢?十八岁高知家庭出身的好女孩想证明的又是什么呢?当时我真的为此失望吗?她真的相信可以用如此拙劣的编造夸大优越感吗?为什么她此刻又显得心虚?好像遗憾的是她本意是想嘲讽他们,结果听来像是嘲讽我。

"再比如……其实你也没追问过,不算胡扯,只是没说。你看到的这片雾,就是我出生的地方,和爸爸、奶奶住在一起。我爸打工时在建筑工地摔坏了腰背,但我妈留在城里。快上小学时,我妈坚持把我带走,去了城里才发现,她已经和另一个男人生活了很多年,那个男人有一个女儿,也就是我姐。那个老男人比我妈大二十岁,我姐只比我大三岁。"

不是没有爸爸吗?原来竟有两个。我在心里嘀嘀咕咕,板着脸孔。雾色似乎浅了一点。

"转校之前那年,老男人喝完酒心脏病发,死了。我妈只好带着我们搬家,搬到便宜的地方,省下钱来让我去读好的中学。我姐也不上高中了,去打工,认识很多乱七八糟的人,我妈也管不到她。二十岁不到,我就知道姐姐在吸毒,甚至在她和男朋友同居的出租屋里看到她吸。但我一直很麻木,像青春期该有的叛逆模样,最讨厌大惊小怪的表态方式,其实打骨子里也觉得那没什么。大专快毕业时,有一天,突然接到我妈歇斯底里打来的电话,说姐姐被拘了。我妈拉不下脸去公安局,不想承认是她妈,就让我去。我见到的姐姐戴着手铐,但还可以把口袋里的钥匙给我,交代我:把卧室床头柜第二层最里面的铁皮巧克力罐子扔掉。她不想让男朋友知道。我就去拿。那间出租屋我去过,一下子就找到了那个罐子,拉开一点点看到针筒,我就盖上了,没有再看一眼。还要帮她拿些衣服。那是冬天。她是穿着睡衣被警察带走的,但我不知道是在哪里被带走的,显然不是在这个出租屋里。我打开衣橱,拿羽绒服的时候带下来挂在后面的一只旧皮包,口袋敞着,溜出来一幅未完成的十字绣维尼小熊。我实在想象不出来,针筒和十字绣分属于两种怎样的时段、两个怎样的姐姐。我和她很亲,我和我妈、她和她爸都不亲。我把衣服送去公安局后,独自回家的路上,把罐子和维尼小熊都扔了,然后去了超市,莫名其妙买了电炉、锅子和食材,很执拗地背回家,默默摆桌,等我妈回家就默默开煮,一直吃一直吃,直到哭出来。"

很明显地,山路变陡了,踩着油门的我很清楚。好像过了某个分界线,雾突然变轻薄了。迎面飘过挡风玻璃的姿态像是被谁从很远的地方吹了一口气。但我依然找不到可以说话的缝隙，也不敢去看她。

我们曾经头靠头在床上讲过那么多话，也有过沉重的话题，事实上，她讲过姐姐的事，和现在讲的一模一样。我知道她姐姐强制戒毒两年后，和当年同居的男友结婚了。在她的婚礼上，姐姐和姐夫都有点发福，一点儿看不出过去的影子，就像街头或地铁里与你擦身而过的普通白领。

"我亲爸前几年也死了，好像是旧疾复发，去查的时候发现了脊椎肿瘤，没钱治。我说我妈太狠心，只拿了几万块给他。我妈说他们本来就没有感情，是村里媒人牵线，家里人定的婚事。这些年来，是她不断寄钱回来。说起来好像几百年前的事，但我没有胡扯，这里现在有五星酒店了，但几十年前就是偏僻的山村，穷得要死。我妈是个很懂得改变自己命运的女人，我活过三十岁之后，发现自己真的很像她。"

"新宇知道吗？"对于这些事是真是假，我完全没有评说或质问的资格。虽说很多至交都不一定知根知底，从初潮刚来时就形影不离的女朋友都会在某个年龄点变得有分寸，很自然地不再把私生活的细节告诉好友，但我总觉得窝火，一边为她的身世悲愤，一边为她对我隐瞒这么多年而气愤。

我也很想知道她有没有这样跟我的暗恋情人讲过,哪怕这样问会暴露我的卑怯。

"当然不知道。乐乐和悦悦永远都不会知道。"她突然扭向右后方,"看,山樱花!"

第三程:翻过山头

视线被雾牢牢裹住的我,看不到右侧山坡上有山樱花树。确切地说,只有艳粉色的花朵突兀地悬浮在半空,无须挣扎,好像只靠天姿就能自我表现。很像她。和汪正他们断绝来往后,她有一阵子没有工作,有一次路过我上班的写字楼,就在楼下大堂里等了我三小时,她说,不下几百人从她面前走过,她怕错过我,就仔细看,结果清清楚楚看到了世界的规则。在那之前,都是她带我出去玩,但那之后,她会要求跟我出去吃饭、逛街、唱歌……直到认识了新宇,不顾他家人的极力反对,从相识到结婚只用了八个月。尤其让我佩服的是,她在和汪正交往时总是和他们一样爆粗口,会喝得烂醉,会抽烟,会化颓废的浓妆,但在和新宇交往后,好像一夜之间就换了一个人:从发型到口头禅全部改掉。

"你从什么时候开始变成这样的?"

"什么样?"她转头看着我,问道。

我突然窘迫起来。"讲不清。"

她笑起来,下巴微微扬起,很好看。一个说了真话,秘密反而变得更多的女人。

雾气渐渐消散,四周又豁朗起来。我长吁一口气,意识到刚才一直紧张而微弱的呼吸。"总算看得清了。"

"你觉得我变了,只是因为世道变了。现在这个世界上,不讲叛逆,不讲才华,不讲理想,所谓人生赢家就应该是这样的女人:做这样的妻子和妈妈。只有这样,我才能活得越来越好。你看到的只是我的生存本能。"

车速稳步上升,山路上方出现了蓝底白字的指示牌,提示观景台停车场的方向。在即将停车前,我很想对她说,我也很想活得越来越好,但在已经够好的基础上,哪怕已经尽了全力,甚至拼了性命,我好像也只有勉强维持的能力,连普通意义上的圆满都做不到。胎死之后,我和丈夫就分居了,他有一个很强势的母亲,很坚持地要亲生的孙辈。我不知道世道的变是前进还是后退,唯一确定的是:自古到今,做女人都很辛苦。女性主义的逃兵千千万万,她倒可能是新时代以退为攻的女性楷模。

但我什么都没说。说出来就会很像自怨自艾，疑似在渴求对方的鼓励或反驳，那将有大量的废话，我不要。我打开车门，清新冷冽的空气扑面而来，明显比山下低了几度，特别醒脑。

"一点都看不出过去的影子啊。"我们终于登上造型老土的凉亭式观景台后，她发出这样的感叹。

我们此行的目的好像就是来这里眺望山峦叠起。大雾迷惑了时间感，原来并没有走很远很久的山路。云层里的太阳恹恹懒懒，距离地平线还很远，看起来它也走得很累很慢。我打了个喷嚏，她就摘下围巾裹住我裸露的脖颈。"贤婆找不到也没关系。我看，找个神医好好调养你更重要。"讲这话的她真的很像当妈妈的人。女人的友情又脆弱，又耐磨。我把手抄进她的臂弯，头靠在她肩头，她比我高十五公分，高度刚刚好。

"现在视野好，你看到贤婆家了吗？"

"你知道一棵树二三十年可以长多高吗？那么多年了，小平房大概也推平再造了吧。"

"到底有多神？"

"她预见到我爸打工会出事,但我爸不信,硬要去城里。她断言我妈会有两个孩子,但只有一个能活下来,我妈很信,结果真的先生了一个夭折的哥哥,隔了一年再生了我。还有一次地震,她翻过山头走到一户人家门口,叫他们暂时搬到别处去,结果那栋小楼在山体滑坡时被压塌了。后来,信她的人越来越多,我妈就拿着我的八字去找她,她说我十五岁流年注定遇到天乙贵人,所以我妈铁了心要把我带走,她说,贵人死活都不会在这里。"

"只要走出山村,每一步都算往上走。不像我这种人,起跑线看起来很高,只能越跑越往下,加速度。"

我们默默坐了一会儿,不言谢,也不言歉,只是看着眼前乏味的景致。山脚和山腰有好几块工地在建,想必是旅游开发项目。不知为何,我想起在哪里看到过的一句话,就随口说了出来,"有些事,近看是悲剧,远看像喜剧。"

"反过来也一样啊,有些事,近看是喜剧,隔远了看才发现是悲剧。"她轻笑一声,好像还有什么话要说,但我又打了一个喷嚏,她就把我拽起来,揽着我走出凉亭,到了停车场,从我手中取走钥匙,坐进了驾驶座,开了暖气。

下山的一路完全没有雾。林志玲依然温柔地指东指西,但在某个有岔路的地方,林小姐重复了三遍:靠左行,她却往右开。林小姐手忙脚乱地重新规划后,坚持让她掉头折回,她就取消了导航功能。

"我妈说过很多次,从奶奶家走到贤婆家要半天,虽然都在山腰,但一个东一个西,要翻过山头、下山坡才能到。婆婆名声在外,很多人会从外省慕名而来。有人说她是灵僧转世,终生未嫁,有人说她小时候大病一场,开了天眼。我妈说,我出生后她拿着八字去求名字,那时她已经很老了——眼睛都快瞎了……"

"都过去四十年了?你还带我去转运?"

"听我说完啊!那时,有个女孩在照顾她。但女孩很神秘,大家只知道是远道而来,谁都没见过她。但很神奇的是,村里老人都说她和贤婆年轻时长得一模一样!估计是有什么前世的因缘……"

"四海八荒,三生三世……"

"别闹!听我说完:女孩跋涉千里,像个流浪汉,走到仙花陂,遇到贤婆;贤婆那时还看得见,摸了摸她的手说,你来啦,今天你的手好暖。女孩就哇一声哭出来,好像从来没有暖过,好像刚刚出生的婴儿终于吸到了空气,终于活了过来。她在这里安顿下来,照顾贤婆的家务事,无论从哪个角度看都像贤婆的女儿。从那时起,贤婆的视力就一点点消失了,不过,她要看你的三世因果,就要闭起眼睛看,大概眼睛瞎了也能看的。后来,完全瞎了,有人来求问,她一定要拉住女孩的手才说自己看见了,劫数也好,天煞也好,都看得清清楚楚,预言也很准。有传言说贤婆已衰老,女孩像是把自己的天眼借给婆婆用了。也有人说,那分明就是传授,两个人都能看见,但论本事,贤婆显然更高强,她要把毕生所得教给这个女孩。女孩非常忠诚、老实,不肯为任何人指点迷津,不管你塞多少钱,她都不吭声,只管把你带到婆婆面前。"

车速二十五,她一边讲故事,一边东张西望,脑袋都快戳到挡风玻璃外了,想必是在找印象中的那棵树。我觉得她很舍不得把这段路开完。从观景台下来时,有一两个小食摊,连店都谈不上,只是推车上有些小吃。之后几百米有个铁皮屋顶的修车铺,但没有开门。再往下开了一两公里,只见斜坡上有石块和树木,还有零星的几座老坟。再开一两公里,看到了一个正儿八经的民宿旅店,那儿的山坡比较开阔,还有停车位。她把车停在门口,老板娘立刻出门相迎。我立刻发现，她听得懂这里的方言，但她不会说。她直截了当地打听，几十年前住在这儿的老婆婆还在吗？老板娘尴尬地说自己不是本地人，前几年从附近的村里搬来开店的。她再问，有没有本地人可以问？老板娘手指山下的方向解释说，本地人大多是老人家，都迁到镇上的新房去了，这座山早就被卖给大财团了，"以后会有高级酒店、高级饭店、高级高尔夫……"

"我都不知道我打过的高尔夫算高级还是低级。"回到车上，她又有了刻薄的腔调。"用你刚才的理论说，被迁出祖屋的人算是往上走，还是往下走？"

我们继续下行。这一路果然冷清，路过了建筑工地，但没有人；路过一些空房子，但都没有她画中的环境。我闪过一个念头：这张稚气的涂鸦，也许并不是在贤婆家门口画的。但她那股认真的劲道让我感动起来，不管那是为了让我转运，还是为了找回她童年的印记。这两件事都含含糊糊的，像雾和雾一样融在一起，像两段因缘纠结起来。如果不是我提出来这里泡温泉，她大概永远不会回来，但此时此刻，她是在认认真真地落入宿命。

最终是没有找到。也不出所料。但她非常失望，好像找不到贤婆，也连带着找不到贤婆会预示的好运了。也许在她中年将至的赢家人生中，在她彻底隐瞒的童年中，只有贤婆值得一提，好可惜，找不到，就没有证据了。我已经很多年没见到她这样坦白地表露失望了，那是一种无法被高级化妆品或高级生活方式粉饰的精神性损伤。

我安慰她说："不如索性去镇上转转，碰到本地人再问问。晚点再回酒店吃铁板烧，看到美男子也算一种转运。"

她想了想，打开导航，召唤林小姐。车速六十，径直前往镇中心，可一看到红红绿绿的霓虹灯标明土菜馆、理发店、手机店、超市……她就没了耐性。"算了，回酒店，我着急上厕所。"

"不要憋尿。那儿就有公共厕所。"公共厕所在小广场一侧，广场舞的阵势不比一线城市的差，但她的答复是：我最恨十八线小城镇的公共厕所。

再次见到帅哥厨师时，她已在酒店的洗手间里折腾了半个多钟头，换上了夜宴该有的妩媚身段。丹芍今晚仍只有我们两位客人。厨师从第一道菜开始就没有分餐盘。她嗔怪他介绍的观景台乏善可陈，他右边的酒窝再次浮现。

她从手包里摸出昨晚的那张画，又摸出一支签字笔，当着我们的面继续画起来：在温泉中面无表情的我脸上勾勒出法令纹、鱼尾纹，我顿时就老了十岁；再刻画出嘴角上扬的微笑，我便显得安详而宽容。巴掌大的一张纸上，我好像已从昨晚迈进了三十年后。吃了一道炒松茸后，她再次拿起笔，把画中的他越描越庄严，如同看不出年龄的仙人。餐盘和刀叉被改成一株盛放的花草。松柏依旧，明月星辰，仙气缥缈。然后，她写上年月日，递给我，说："旅行纪念。"我没有带手包，衣裙也没有口袋，就当着厨师的面，把它从领口塞进罩杯里。

酒过三巡，她开始调侃他这间小店可怜巴巴，没有别的客人，也该转转运，最起码放个紫晶洞什么的。

"你们说要找的老婆婆，找到了吗？"厨师轻柔地问道。

我和她相视一笑，一齐摇头。

"我昨天回去问了邻家的刘二爷，他说，镇上是有个出名的老太婆，号称灵妙天人。以前在庙外摆个摊，后来生意越来越好，就不摆了。因为这里开了很多新店，老板们都请她算良辰吉日，看风水，前几个星期有个美容院开张，刘二爷说他也去看了热闹，先是放鞭炮，再有很多和尚敲锣打鼓，穿着袈裟敲木鱼，围着一个老女人念经，老女人翻着白眼，浑身抖个不停,好像鬼上身。刘二爷说,那又像祈福,又像降妖,又像唱戏,灵妙天人的旗号插在一大炉高香旁边,旗子上还有一个很大的黑白符咒,他觉得怪吓人的,谁知道,他孙子在一旁拿起手机就照。原来是个二维码。"

我和她面面相觑,没有废话,不约而同,疯狂地笑出了眼泪。

夫 妇

淡 豹

淡　豹　沈阳人，2013 年开始小说写作，2020 年出版短篇小说集《美满》。

教授知道自己就要疯了。但妻子因为他多年前曾以神经衰弱为名开展不忠而不相信他。简单说就是这样。

或者换种说法，一个人清楚地知道自己要疯了，在余下清醒的时间里他急于爱人。但他的家人急于安慰他，只想赶走他这个疯狂的念头，他们认为情况在向好的方向发展，而他清楚一切只会越来越坏。

教授63岁，临近退休，是地质学教授。这并非一位妄人做着古怪的梦。恰恰是活跃的大脑才能计算出自身即将运动的轨迹，充分的理智才能预知传记的尾声。他知道自己就要疯了，确凿无疑。焦虑下他的眉毛在两周内几乎全变白了，右眉尾有两根异常长的，根部已经全白，眉毛梢反而是黑色，异常显眼。他不再梳理头发。看到教授柔软白发长及耳后，烫过一般自然鬈曲，带着愁怨出入于楼道，邻居不禁议论纷纷。但教授心神不宁，他不在意身后那些关怀的密语。这一生中激情和委顿的日子已经太多了，此刻他试着让妻子理解将要发生的事，安排好一切，兴许通过暗示来向她作一些道歉和一点忏悔。他希望好好地平静度过余下清醒的时间，而这自然地包括要和她在一起。不过，妻子对他充满怜悯。她早已不想管束或关注他，现在她轻蔑地看着他再一次捡起那些年轻时的花招，试图迷惑她，像不成功的魔术师醉后在酒吧中硬要抢过邻桌的扑克牌。

在刚结婚的年轻日子里，教授选择让自己犯有长久的神经衰弱。教授说，失眠困扰他的睡眠，躺在床上时，脑浆不懈晃动如哗啦啦的万花筒。闭起眼睛他看到瑰丽的碎玻璃组合成千变万化的水晶大教堂和花岗岩穹顶。蚂蚁小口小口地啃咬他两个太阳穴之间的通道，让他想用电钻打穿自己的颅骨。因此他不能待在学校教概论课。他得用爬山和敲石头耗尽体力，在帐篷边累得站着睡着。他必须出野外，必须频繁地去矿床，去山岭间，去甘肃白银，去内蒙古沼泽地的蚊虫中。

儿子出世后那一年半，他第一次真正长久住在家中，但婴儿哭声让他的神经衰弱更加严重。他说，自己只能靠去校医院做头部按摩才能偶尔睡着一会儿。

在那里教授认识了一位女理疗师。她原本是一位运动医学医生，为了女儿可以进入这所大学的附小而调来校医院，从医生变成辅助骨折病人做康复训练的理疗师，为神经衰弱者按摩穴位。

"挺有意思的。我喜欢干体力活。"女理疗师表示教授不需要惋惜什么，调来这里并不是她为孩子做出的不得已的牺牲。

喜欢干体力活的女人是什么样的？他止不住想。很快他就知道了。

如今他还能想起她什么？她喜欢剪纸，送过他两张窗花和几枚给小孩玩的纸人，不过剪来剪去都是些简单的小图案。她手不算巧，还心不在焉，有时剪着梅花瓣的曲线，手中的剪刀就掉了。她有他没在其他人脸上见过的满不在乎的神情，对前途对职业有种彻底的放弃，丝毫无所谓，什么都不想要，就仿佛每一刻的懈怠和劳作都是她挣扎得来的一个机会。

妻子应对此事的方式是两三年中的密集争吵，一次又一次谈话，到系领导办公室去，向校方写信指出这场通奸钻了公费医疗系统的空子，不道德，还腐败。

这是他一长串风流韵事的开始。他逐渐获得了浪荡教师的名声，权威盖了章，他不适合进入课堂，更不适合担任年轻教师往往需要兼任的行政、科研秘书、班主任工作。这让他得到了更多出野外的机会。他调离地质系，进入刚成立的勘探所。

社会风纪在新世纪松弛，他的论文发表数量换来了基金和教授职位，又回到地质系。如今他年老而受尊敬，成为宗师式的人物，因为出野外时高超的牌技和极爱喝酒的习惯而获得研究生的喜爱，不过他为自己一生中从没有和女学生发生过什么而自得于自己的道德。

他更为谋略而自得。谋略组织了他的生涯并获得了比预期更好的效果。风流韵事是他自暴自弃的尝试的一部分，在那个年代，有发展前途者需要担当行政职务，需要入党，不免要管理学生或被学生的政治热情所累，而他向组织交出一个致命弱点，便能走去令人心旷神怡的冷宫之中。

一个有缺点的人，一个糊涂虫，激情只关乎女人和石头，适合艰苦的生活，总在野外，始终穿长袖，回到室内也不摘帽子。当然后来他获得了与年龄和论文相称的职务，成为理事和主席，在系所斗争中他不得不随其他教授一起在怪异的大字报上签名，这种东西在新世纪显得不合时宜，让学生惊异莫名。他不得不处理项目评定的不公，讨论各位教授门下博士名额的分配。这让他更为自己年轻时荒唐背后灵机一动的算计感到幸运。他甚至认为那些荒唐统统是算计出来的，来得恰逢其时，帮他生硬地遗忘掉女理疗师那些让他回家后辗转反侧、不能宁静的最初触摸，帮他逃脱课堂和会议，帮他写论文。

年轻的妻子渐渐苍老成夫人。在他最荒唐的那些年里，他在家时，她也会做好他迟钝地享用的早餐，虽然她并不坐下和他一起吃。他曾伤害又依赖的女人赐给他生活稳定的轴承，同时似乎逐渐放弃了他并赐给了自己自由。她的生活很满，活得脆生生，临近中年时，她工作越来越忙，儿子一上初中，她就要求他去寄宿。她在家中养满绿色植物，哼着歌浇水。教授带着好奇心观赏夫人在阳台上制造的温室，这超越了他的知识，他只知道出野外时要避开的那些有毒植物的种类。她喜欢看球，越来越喜欢。这从来都不是他的爱好，他也曾经怀疑是否她有个爱好利物浦队的情人，这至今是个谜，他也放弃了追索，她生活的节律看起来始终是简单的。如今她老了，不再上班，注意力的焦点是她暂时负责喂养的邻居家的小狗。欧文，我听着亲，夫人说。

邻居一家出国照料外孙，扔下欧文。这是一条身材小的老狗，有心脏病，总是咳嗽，没有力气爬楼梯。夫人聚精会神地给欧文的煮鸡肉饭里拌入心脏病药物胶囊里的碎颗粒，掰开嘴，喂它吃，像哄婴儿睡觉一样安抚它边打喷嚏边发出的低声呜咽，每天三次抱它外出散步，与其他遛狗者结下友谊。她管她们叫狗友。

"会不会是阿尔茨海默？老年痴呆，失智，不是什么神经性的。"她问他。

不可能。教授理智的那部分知道另一部分的异动。他能感觉到是理智而不是思想以恒定而不可控的速度离他而去，三个月后或许他就只能说出碎裂的语句和不堪的狂想。

"你应该去医院看看。"她给出不嘲弄也不委婉的冷静判决，他安心了一些。这个女人像廊柱，这可能是最好的女人。

但欧文每天得遛三次，早晨，中午，下午。她没办法在医院待上半天。他可以请研究生或者系办的小赵陪他去。她没有问他究竟是什么感觉。他本来准备好要告诉她那些新生的蚂蚁的啃咬，他如何试过止疼片和镇静剂而最终排除了其他可能性。失望让他自己哭了一会儿。他也想告诉她分床睡二十五年后，他现在渴望她衰老的身体。每夜她睡在大约十五平米之外的卧室。他的房间在书房和厨房之间，每夜爬满蚁群。

第一次去医院无功而返。教授在医院大厅被吓了回来。这里缺少普通医院那种急冲冲的拥挤和近乎欢快的嘈杂。在普通医院里，人们总是在聊与带他们来到医院的具体的身体痛苦无关的话题，谈人多、排队、挂号的难度、医生的声誉、谁家的孩子的事。那些谈话，那些排队中的左冲右撞，像没头苍蝇一般地乱闯、奔跑和推搡，咨询台的敷衍，保安的高傲，时不时爆发的小争吵，总让医院有种热烈焦躁的气息。

这个大厅如同透明密封罐，十分安静。有人声音极低地询问着方向。没有血迹，没有捂着脑袋的人或者轮椅，人们并不互相搀扶照看。他突然明白了一个显而易见的事实：来这里的人是没有身体损伤的，他们的损伤不能被直接看见，藏在某些更深的地方。

"这些人什么都可能做得出来。"教授想，"但是在入口没有安检。如果有人带刀进来怎么办？"

他用力睁了睁眼睛，让自己看得更清楚。有些人明显是疯子。他觉得来到医院后脑子好像转得慢了一些，又因为自己居然在用管理者而不是病人的想法考虑问题而感到纳闷，有点好笑。

他上午十点就回到了家。为了让自己更镇定，路上他还拐去菜市场，买了鱼和一把葱，心里想着，假如寻常医院像菜市场，精神病院就像菜场小贩穿着同样的衣裳走在去参加集体葬礼的路上。在楼下他躲开一辆正在倒车的银灰色轿车，手中的葱掉到地上。他赶紧避开车，走到一边时几乎感到可惜，如果葱完好无损，就该回去捡起来。如果葱压坏了，就说明——轮胎咯吱两下，车极慢地拐弯开走，他回转身去，闻到微微的辛辣腥气。地上躺着车轮碾过的一摊滑溜溜的葱尸，葱白是好的，浑圆，完整，青白，末梢翘着高傲的胡子。模糊的神启。

裤子口袋里有张餐巾纸，他垫在手里，捡起葱，走向垃圾箱。一个梳分头的小男孩在花坛边缘磕鞋里进的沙子，冲教授嗤嗤笑了起来，"爱因斯坦！"穿上鞋，跑掉了。

教授匆匆走过单元门，到了一单元门口，急刹住，转回到自家住的二单元门口，拉开沉重的铁门时教授的手抖个不停。

四天后教授再一次前往医院。早餐后他就出发了，告诉夫人他中午会回来。天气晴朗，有些风，花坛中翠绿的佛甲草东倒西歪地簇拥住盛开的金盏菊和低矮的瓜叶菊，自行车座上粘着这个季节北京常有的杨絮。每年这个季节，人们都在抱怨杨树和政府管理部门效率的同时笃信春天更好的版本将在几周后降临，无论如何，中国人的天性似乎是热爱生活的。从车流中蹿出一辆改装摩托车，急速加速，飞驰而去，发动机的突突声比它的音箱发出的轰鸣音乐还要响亮，这让教授站在斑马线边上，误过了一个绿灯。他带着怜惜望了望四周熟悉的一切。地铁出口挤出行人，涌出一团汗的风暴，路边二十四小时营业的烧烤店想必昨晚又喧闹到后半夜，现在伙计正各据一桌，趴着睡觉，还有把椅子拼起来横在椅子上睡的。教授想，人们在平静可爱的日子中追求刺激，恐怕是因为他们总以为能把握明智与疯狂之间的界限。

手里的保温水壶有点重。他尽量不让自己被阳光的气息扣留在大厅外，顺利地挂了号。这一次他决心走进诊室。

这一次拜访精神病院的过程没有羞辱或者恐惧，但有困惑。医生喊，"进来！"他不由自主按了按小腹，走进去，发现刚才喊话的不是医生，而是医生身后坐着的年轻助手。医生是一位烫发的中年女性，大概比教授小几岁，极快剜他一眼，目光扫到他的脚又回到头。

"说吧。觉得有什么问题。"

教授告诉医生自己的预感，说明自己并不想要药物，但他需要医生的建议，才好对下面这几个月神志尚且清醒的时间作更有效的安排。他没想到医生的头几个问题都是"你是一个人来的？""你单身吗？家属呢，家属怎么没陪着一起来？"问题中隐含的意外和责备让他反而想要捍卫妻子。过后他被撵去做量表测验。"过去一周内，你是否曾觉得自己有精神病？"他意识到，如果回答"没有"，可能会被认为表现出了精神病人的典型症状，病人否认自己有病，而如果回"有"，也可能会被认为恰恰是一种精神病症状。

"完全没有"，0分；"偶尔有"，1分；"一半时间有"，2分；"非常频繁"，3分；"一直都有"，4分。他谨慎地选择了"一半时间"，2分。

此时他明白，在这里医生对病人的自述从怀疑开始，要求家属陪伴并不是要家属作为病人口述的旁证，而是医生要与另一个正常人探讨症状，一个比病人高明、准确、靠近正常的人。他不免感到遗憾：心理学——精神病学也像一般内外科一样高度依赖于仪器和指标，与其说这表明了人类的创造性，不如说表明了人类理性的界限。

二楼的量表测验室有一种奇怪的烧茄子的味道，这点他一走进去就发觉了。房间显然是新装修的，门外右手边墙上还贴着打印出来的临时指示牌，撕掉了一半，房间里安放着几台电脑和办公桌，无人看管，只有一位技术员代他打开电脑，确认他懂得操作方法。可是和诊室差不多大的房间整个是温热的，家常菜的气息让他打了寒战。似乎有群人刚用过午餐，茄子的幽灵留下，人离开。在这个地方人突然发疯，如常生活，一瞬消失，身体由某种力量拖曳而去。"非常频繁""一直都有"的区别是什么？非常频繁的头痛，就可以理解为一直头痛，难道人的意识要在每一秒都积极对抗头痛，才算一直吗？重晶石资源丰富的地区，就是重晶石资源集中的地区，是富矿，你不可能说某个省只有重晶石而没有泥土。教授想，心理学和精神病学是多么不精确的科学啊，在理智的黑洞中寻找身体指标，面前这些基于语法的含糊地带设计的问题并不能产出更准确的诊断，只能产出更标准化的诊断，让医生避免思考，躲开麻烦，不焦虑地走进办公室。量表是精神病医生的抗焦虑药物。教授这样想着他这些找不到科学方法的广义同行每天身处的像未知海洋一般的世界，心中混杂着怜悯与伤感。走廊里突然有人高声叫嚷起来，之后是奔跑和嘘声。

他勉力理解每个问题。其中有一些明显是翻译过来的，他觉得应该更本土化。例如有关体育运动频率的问题——该对体育有更中国化的定义,譬如将散步包括进去,或者干脆称为"活动频率"。另一些问题的分句太多,他想大概会给那些不经常阅读长句的人带来理解上的困难,甚至让他们惊慌失措,像是走上法庭的良民。

这些想法让教授做题的速度很慢。这是否会被当作联想散漫的病兆?然而并没有人为他计时。三个小时后他交上问卷,回到诊室,已经是午休时间,护士告诉他可以先去做眼动测验。在另一个测试室里他强迫自己的眼球按要求跟踪仪器对面静止的图像和移动的光斑,脑子里却一直想着天花板上一片古怪的带有隐隐绿色的水渍。

量表和测试分数与仓促的面诊得出了不同的结果。下午,在再次问"现在家属来了吗"之后,医生表示教授不抑郁也不焦虑,他的眼球活动显示了高度注意力(NEF?RSS?),但他"不寻常的思想内容"是一种妄想和幻觉,这种预期自己会发疯的妄想并不朝向对他人的暴力行为,可以在家治疗。教授不打算去药房开处方上列出的奥氮平和思瑞康,他清楚自己身上将会发生什么,来这里也并非求医问药,而是一种理智在寻求另一种理智作为参考。如今看来,地质学的理性比心理学的高明，而药学的价值或许更具备统计上的显著性，但那并不能阻止必将到来的事件到来。此刻他急于回家，去吃他允诺要在正午吃下的午饭。

实际上到九点半夫人才发现教授已经离开家门。这一天早晨她在阳台上浇花，像往常一样忽略了教授提高声音喊出的许诺。她想了一会儿，倘若医院扣留教授，认定他精神失常，要他留院治疗，生活将会变成什么样子。遛狗回来后，她给地质系打了个电话。

"现在的情况就是这样。有点严重。"夫人说，"不知道系里能不能出面来处理教授的事——我吃不消了。"

地质系主任在电话对面沉吟。他是教授的学生，和夫人很熟，不过夫人当然不知道现在是巡视组进入学校的第三个月，地质系刚因数位学者在学术项目中的不正之风受到公开批评，而会受到调查，恰是由于兄弟单位勘探所的举报。

谁能想到地质学家的腐败问题会成为被关注的问题？而这多少也影响着教授的命运。"我们当然全力以赴。"地质系主任让语调平衡过分流利的安慰与铿锵有力的信心，"不过现在为了教授的心情,还是该先由家人陪他去医院。得到诊断再说。需要住院的话就住下。"

"我觉得该把他交给你们了。"夫人说。

"如果真……教授有那么多学生,国内、国外,一定能有最好的治疗。您先稳定心情,先带他去医院。过些天我去看您。"

放下电话后,年轻的系主任拔掉电话线,回到他正在写的报告之中。写情况说明是微妙的艺术,像对晶石,你需要以科学的敏感去分类,拣选,录入,判断信息的价值和重量。但一个月来他已经疲累之极,他快要睡着了。

教授绕过药房前排队取药的队伍,沿走廊走向大厅。入口狭窄,长条形的大厅没有窗户,在下午昏暗得像密林深处移动着一座座面无表情的石像。这时他看见了自己的妻子,她也看见了他。夫人一身浅色衣服,提着一只轻飘飘的绸袋,里面似乎没什么东西,像是下一站还准备到其他地方去。十几米之外,她脸上有一种惊异的失望,如同一场喜悦的冒险后掉入现实的人,回到家的爱丽丝,回到家的多萝西,也像走失的小狗，起初以为找到了自己的主人，再一看一闻后便在友好的陌生人面前仓皇失措，几乎就要吠叫起来。

他见过她这种表情。那是十多年前，二十年前，儿子上小学时。那天她在学校门口没接到儿子，到天黑儿子也没有回来，而班主任说当天正常放学，五点五十分小学已经准时锁起了大门。她去派出所报案，被告知儿童只有失踪二十四小时后才能立案。之后她在家附近的每条街道踯躅打听寻找。教授在郊区的会议宾馆接到妻子说儿子失踪了的电话，这一切发生时他在急匆匆赶回家的路上，奇妙的是，当晚他到家后几分钟，儿子便回来了。

教授见证了儿子的归来。那是晚上九点多，他刚刚赶到家，妻子回来取儿子的一寸照，准备再一次去派出所硬要求警察留心照片上的男童。看见儿子身上带着煤灰站在门口时，妻子脸上就有这种惊异的类似于绝望的失望。

"我跟同学去了一个废弃工地玩儿。"儿子低声说，"怕妈妈说我，不敢回来了。"

儿子走上来，要靠近她，她抓住又放开他的手，坐下，再站起来。他以为她要扇儿子一巴掌。但没有，她扭过头走去厨房。很快传来水壶烧开的声音。她神思恍惚地拎着开水壶到阳台上浇花。

"我太饿了,爸爸。"儿子说。

他当时以为她是过于疲累和焦急,是责怪孩子,是高度紧张连续几个小时后精力不济。现在他意识到,她可能以为孩子已经真的走失或被拐卖,儿子再次出现令她失望,或者正是儿子的再次出现让她幻想到儿子若是丢了就好了。

不过当晚她很快就给儿子换上干净衣服,煮粥,热牛奶,又开始模仿一位像样的母亲,就像她在刚结婚的那些年中模仿一位像样的妻子,重视家庭和家务、管教丈夫的个人卫生和头皮屑、学打毛衣、捉奸、关心丈夫的去向。那时世界上似乎并不存在其他的范本,没有谁敢于说出自己对丈夫的不忠毫不在乎,而有多少女人为了不显得愚蠢轻信、为了不显得软弱,不得不去管理,控制,对峙,演出戏剧性的鱼死网破,把生活过成唯一一种正确的戏剧。

30岁以来,她一直想离开家庭,离开他,而方式是等待他离开。大概他总会想要彻底离开家庭的,遇到某个不可抗拒的女人,爱上谁,执著地想走,或者犯一个可怕的不可原谅的错误,让她可以轻松地说服其他人这种日子她没法再过下去。这种笃信是她能忍受他的原因。而到后来,是否离婚似乎根本无所谓了，她送走儿子，生机勃勃。

英勇的女人下了决心后便走上她自己的道路，饲养他像饲养房客，教养再送走儿子像偿付历史债务。教授想起他一切风流韵事的开端，那位校医院的理疗师当时毫不费力便让他了解到生活还能有多少秘境和层次，成为他心目中真正性爱的开始。她和他谈话时往往同时在剪纸，而从最初给他做理疗到后来在旅馆的床上，她总是同时在看调成静音的电视。她的兴趣在其他地方。原来他始终迷恋这种女人，她们笃定，残忍，决绝，以男人通常会忽略的方式自由着，以放弃的方式自由。男人多么盲目，男人以为自由意味着跳水、狂奔、种种表演性的大张旗鼓，可是在男人盯着自己双脚周围的一切时，她们早就轻轻走开了。他那种意图要抓住剩下的时间来回馈和忏悔的冲动则只是双脚周围的一切教给他的未经反思的另一种表演练习。

她们放弃那些通常被认为值得拥有的东西，根本不考虑勇气或者代价的问题。对于她们，放弃不是交易，而是一种使命，一个值得感恩的机会。让人惊叹的女人，与永恒和无限联姻，而男人躺在迷人芳香的沼泽中贪恋地呼吸身边的香气，抓住周围泥水中漂浮的一把又一把植物的腐根和残渣，在沼泽里自以为是地游泳。

她们是骑士，英雄，幻想家，天文学家，他是灰溜溜的务实者，他的想象力只够适度放弃，总是遗憾和回望，反省和犹豫，始终重视证件和政府登记，即使重视方式是千方百计绕过登记程序。男人向来是政府手臂的延伸，即使想要砍掉怪物头颅的那些人也和怪物享有同样一呼一吸的节律。而她对结婚证无所谓，也根本不需要通过获得来自一个办事处的离婚准许才能换取自由。

现在她带着惊异的失望站在那里。她或许以为他的发疯终究是一个要离开家的借口（在漫长的等待之后），或许以为此刻他已经被捆绑电击（不过那样医院是否需要通知家属？），或许以为他出了什么事（能有什么事？当然，若不吃午饭他的血糖会出问题）。她并不在乎诊断本身（疯与不疯究竟有什么区别），只在乎他是否将离开家，那是干涉她生活的部分。而他端着已经喝空的保温杯，团了处方扔进医院走廊边上的垃圾桶，健康地，神色如常地走进大厅，像一位下了早班后脱掉白大褂准备回家的医生胜过像病人或家属。看到这一幕的她则终究像家属了，看到他健康自在如常，她就像一位确认亲人精神分裂后看到亲人被医院绑起来的家属那样惊讶又失望,不过她比他们少了痛苦。漫长的期待他离开的年头消磨了她的痛苦,她期待他走远,无论出野外,还是被关押、捆绑、电击,或者是去享受肉体的欢乐。她不抱兴奋地希望他离开,就像遛狗时她希望野狗离得远一些。

教授膝盖发软。他注视着她的脸,那张脸不断在变幻。她变成二十出头他们初相识时校园少女的模样。她变成怒气中疲劳的年轻母亲,抱着婴儿四处寻找不忠的丈夫,那时她并不是想要占有他,而是粗野、意志坚定地要与他同归于尽,此刻他觉得那个形象极富魅力。她变成那个因儿子归家而失望的女人,要把儿子早早送去寄宿学校的女人,长久加班和频繁出短差的女人,在家中目光越过他傲慢地到达花盆与锅碗。他所亏欠她的不是忠诚,而是尊敬,以及对于他在苦涩的生命监牢中时她早已获得自由的嫉妒。

此刻教授感到激动。他听到女高音那云端之上歌咏的颤音,感到自己正在随飞翔的云雀攀爬天梯。

几乎他就要叫出她的乳名。那个名字,在二人初相识的信件中他曾经用过,在新婚的一些夜晚曾经叫过,后来就再也没有用过了。但是他没有。他一声不吭地跪倒在她身前,接着整个人都瘫到地上。

在失去知觉之前他看到她的脸不高兴地皱起来，似乎急于转身离开，但有一道强烈的白光打在他的面前让他不再能看到任何事物。整个大厅都弥漫着沼泽那种潮湿微腥的臭气，他的鼻腔张开了，让他比任何时候都要清醒。

两周后夫人请教授的研究生将他送上飞机，盼望他去向更广阔的人群诉说发疯和头脑中的预兆。她告诉一起遛狗的同伴：教授去美国做研究，如果不是有欧文，她本来也愿意一同去。大家都十分理解：狗比儿童还要缠人，况且人就是应当为弱小的生灵贡献力量，为那些生病的、不能用人的语言表达自身需要的、依赖于人的。

儿子已经为教授订好了从加勒比海出发的环球邮轮之旅。他大方地为教授包下一个带望海阳台的单人舱房，并让教授放心，船上有台球设施和桥牌俱乐部、魔术表演和小型电影院，他在这三个月的航行中绝不会感到寂寞。出于降低保险费用并且保证教授能获准上船的考虑，儿子没有透露教授的妄想。何必透露呢，教授丝毫没有暴力倾向，安静，愉快，每天按时主动吃药。不过，儿子把教授诸多种类的药丸分装进每日一格的小药盒装进箱子后，为以防万一，还是在自己的名片背后写下，"我的父亲可能表现出阿尔茨海默症的初期症状"，塞进教授钱包的夹层中。

旅行是安闲而缓慢的。刚驶离美国时，船平静地行驶在靠近大陆的无风海域，第二天，船速加快了，令人头晕，乘客纷纷离开船舱，到甲板上散步透气，强烈的海风击打着他们萎靡不振的面庞，开始有人注意到一位沉默寡言的异国老人。

他独自待着，整个下午都趴在围栏上，饶有兴趣，注视着时隐时现的岛屿和没有边际的发紫的海洋，以及比海洋更远的远方。他戴眼镜，身上总叠穿两件长袖衬衫，领口可笑地绽出来。据两位和他说同一种语言的乘客说，这位老人是在热切地等待夕阳落下之前有时会照耀整片海面的那道炫目的白光。

这两位乘客是两位试图多少享受一下生活的避难者，在每个港口急切地下船去使用与船上相比堪称廉价的网络信号，发出几条推特。这样先逃离祖国又逃离异乡的黑头发的人，在这艘邮轮上还有一位。那是一位神秘少女，据说她父亲已经由于积攒起骇人听闻的金库被关押了三或四年，有媒体称他虽然在审讯期间由于长时间的冷风吹身而至血压升高昏迷倒地，但现在健康尚佳，虽然不大可能被提前释放。

如果不是因为这两位与他来自同一国家的流亡者常来找教授攀谈，以消磨他们二人长期相处之后明显的无聊和彼此间时时浮起的恶意，并且解除他们眼中这位来自祖国的老年旅行者强烈的孤单，教授不可能知道这些。而他们能知道这些，是因为他们曾担心这位孤身旅行的年轻同胞是跟踪者，便使用不为人知的手段了解到她的全名，进而查到她的身份。在他们的猜测中，她像其他一些类似状态的年轻人一样，在不再引人瞩目的生活中会不时收到来自神秘账户的能保障学费和消费的大额支票。他们仇恨她，又因猜测她也处于不得不流亡的状态而在道德上怜悯她，在对这个有罪者惺惺相惜的同时认为她理应付出更多。其中一个在邮轮晚宴时的酒醉中揽过她，又试图一再抚摸她的肩膀，她把冰块泼到他身上，他勃然大怒，说出大多数旅客一生中所听过的最长的一段中文。女孩再也没有出现在餐厅。乘客们上岸游览时，回头能看见她待在四层甲板上，帆布躺椅面对港口的方向，戴着印有向日葵图案的明黄色遮阳帽和墨镜晒太阳，像永远不打算起身一样。

而教授并不孤单。下午三四点,他睡好午觉,就走上甲板,拿着大副慷慨地硬要借给他的防滑手杖。他的心澄明得像一面镜子,比波涛还要柔软,比太阳底下甲板上的小水洼还要透亮。他对包括自己的身躯与理智在内的一切都不再在乎了,又比什么时候都活得更有兴致。"我错过了多少啊,"教授暗自思忖,"错过了多少,为了要占领生活。"他对流亡者抱有同情,同情他们不得不放弃部分生活却又不肯放弃的悲惨状态,但他宁愿回避他们,到甲板上去散步和等待。

准备当晚在船上小剧场演出的三位魔术师坐在他身后,围着一张小圆桌在喝鸡尾酒,其中一位懒洋洋地一再把戒指脱下又戴上。他们用西班牙语问老人来自何方,在看些什么。老人凝视着海洋,转过去,摇摇头,向他们微笑,又回转头,把身体靠在围栏上,扶了扶眼镜,向海面吹了一口气。

"或许你应该对他说英文。"走过魔术师身边的一位船员说,"据我所知,这是位来自中国的地质学家。他一定会英文。"而魔术师们嚼着鸡尾酒杯中的薄荷叶子,沉醉在微小清香的刺激中,已经忘记了几分钟以前他们曾担心过,这位老人长久站在围栏边或许是带着想要跳海自杀的念头。

一个穿着蓝白水手衫的小男孩和他的母亲一起步出船

舱，踏上甲板。看见教授，母亲低声对小男孩说了些什么。他飞快地跑过去，递给教授自己从午餐桌的花瓶中偷来的一小串铃兰。

"你在做什么？"小男孩用英文问。

"等待光。"教授回答，声音轻柔而威严。

小男孩惊讶地张开嘴，带着咸味的海风吹拂他的喉咙，带来一丝干燥的清凉。他魂不守舍地走回母亲身边，牵住她的手，抿起嘴唇，委屈地觉得她逼自己完成了一个古怪的任务。当他将另一只手插进深蓝短裤的口袋里时，他摸到一个小小的带有凸起的方块，那是他以为早已丢失的乐高玩具块，他正在拼的喷水抹香鲸需要这枚方块，不然牙齿就无法对称。后来的日子里他偶尔会发呆，觉得自己被某种天意所摄，常常回想起母亲在他耳边说的话：那位老人是一位地质学家，想必在海洋的表面感到孤独。

我是他的第几个女儿？

巫　昂

巫　昂　诗人，小说作者，先后毕业于上海复旦大学中文系和社科院文学研究所。曾供职《三联生活周刊》，现居北京，2003 年起职业写作。出版有长篇小说《星期一是礼拜几》《瓶中人》《床下的旅行箱》等，小说散见于各文学杂志。

我到杭州那天，下着不大不小的雨。出租车从杭州东站直接开到高银街上的十三湾巷，这里离西湖只有一公里出头，是名副其实的老城区。她站在小区入口等我，细瘦的身材，上身穿着灰色字母厚卫衣，竟把卫衣塞到一条黑色天鹅绒百褶阔腿裤里，撑着一把小到不能再小的小黄伞，见到我，笑了笑，她只要略微一笑，就很动人。

这是个年轻的女孩，脸颊上有颗淡褐色的痣，长的地方适中，不觉得突兀，但也不含蓄。她有亚热带的肤色，凸起的颧骨和凹下的眼窝，眼睛灵动极了，且明亮，她这一身打扮，竟不能遮盖明亮的眼神。

我下了车，车是她喊的，也不用我付车费。这个年龄段的女孩，能够熟练地用App打车。

小区非常陈旧和破落，所幸道边种满了桂花树，一走进去，就有令人意乱情迷的桂花香，雨水打落了部分花瓣，却不能阻碍花香的弥漫。

"您是以千计老师吗？"走了一会儿，她问。

"是啊。"雨后气温转冷，我双手空空，只好插在裤兜里。

"没带行李？"

我摇摇头，"饿了，有吃的没有？"

"我们先到房间，我可以喊点外卖来吃。"

转了几下，这种老小区，楼间距极其窄小，一楼所有的单元，都被住户额外盖了小院的院墙，余下的地方，停满了自行车、摩托车和小轿车。地面没有更多的空地，所幸留给桂花树的地方还是有的。我昨晚一夜未睡，噩梦连连，精神头差得就差口含一口烈酒，她没有再说什么话，只是带路。

我们两个共用一把伞显然是不够的，所以她一个人继续支着伞，我任由雨浇，树下的雨水略微稀少些。很快进了一个单元门，二楼，左手边第二个房间，新换的防盗门，房门上用的电子锁，她收起伞，伸出指头轻触了面板，上面出现从1到9的荧光数字，她按了787878，外加一个#号，面板上出现一个小小的勾，预示密码正确，一扭把手，门开了。

屋里没有开灯，散发着一股清淡的柔顺剂的香味，所有的东西都刚洗过，昨天或者前天，刚刚历经了艳阳天。这是个长条形的屋子，最远处通往阳台，第一个小空间就是洗漱台所在，非常小，左手边是卫生间。我们走进去后，我把门关上，想了想，扭上了锁。

第二个小空间被做成卧室，床在房间一侧，床上铺得像酒店一样规整，一条线毯上放着叠好的浴巾和毛巾。再往里是主要的房间，有一张更大的双人床，席梦思低矮，直接放在地上，一只没有腿的双人沙发，她请我坐到沙发上，然后拿起地上的浅灰色电热水壶去烧水。

"您先喝杯茶，我马上喊外卖。"她说。小腿非常细的她，走起路来像在沼泽地边上移动的幼年麋鹿，阅历清浅，未来死生未卜。

"你住这里？"我问。

"不，您住这里。"她笑了，"这是我从 airbnb 上订的房子，用的是我的身份证，也不用跟房东打照面，我想您的行踪肯定需要保密。"

"高铁票实名制已经暴露了我的行踪了。"

"噢，不好意思啊。"

"我的行踪也没什么好保密的，我又不杀人。"

"也是。"她又露出了刚见到我时的笑容，任何一颗种子都能轻易地在这样的笑容里发芽。

"那你住在哪里？"

"附近，离这里不远，单位附近。"

"说吧，找我来，要办什么事？"

"我看您挺累的，时间也不早了，我先把吃的点了。"

她低头在手机上忙活，打开某个 App，搜寻附近的商家，一边问我。

"寿司吃得惯吗？日料，也有乌冬面。"

我没做声。

"嗯，这个是辣的，湖南菜，噢，盖浇饭，盖浇饭不要，没意思，啊，有小杨生煎，小杨生煎可以哦？可以配油豆腐牛肉粉丝汤，或者油豆腐百叶包粉丝汤。"

我点点头。

"生煎有三种口味，鲜肉、大虾和荠菜的，您喜欢哪种？"

"都行。"

"好，各来一份。"

"有酒吗？"

"酒吗？我另外喊超市好了呀，要啤酒还是什么？"

"都行。"

我让她要了两打蓝带大听啤，她另外帮我点了周黑鸭的鸭锁骨和鸭掌，说是给我下酒，兴许她自己想吃，女孩的心思很容易猜。在点餐过程中，她把天鹅绒百褶阔腿裤撸到膝盖之上，露出了细瘦无比的小腿，皮肤光滑微黑，左边膝盖上有一道明显的伤疤。

我打算去冲个澡。我坐的是高铁，北京到杭州不过五六个小时，照理不足以让身上发出臭味，问题在于我北京住处的热水器，已经坏了一个多月了，房东用了那么多年的破热水器也没什么修的必要，我将近一个礼拜没洗澡，除非去找个陌生人家洗。也没带换洗的衣服，只能裹着两条浴巾跑出来，顺道把衣服在卫生间洗了晾了。

女孩见怪不怪。她坐在沙发对面的地上，我们之间隔着一只简易小茶几，上面放着空调和投影仪的遥控器，还有房主留下的告房客书，里面有一条是："如果周围邻居问及，请不要提及 airbnb 或者短租字样，一定声明您是我的朋友。"

"你还是先说一说什么事儿吧，不然我来得没头没脑的。"

"我爸爸。"她刚一说，声音已开始哽咽。

"死了？"

"没有没有，别胡说八道。"

"我妈妈最近去新加坡玩，出了车祸。"她的眼泪已经控制不了了，一颗颗落下。

"死了？"

"瞎说八道，经过抢救，暂时没有生命危险，但伤得挺严重的，我去陪了她一个月，工作离不开先回来了。"

"我不接不涉及人命的案子。"我直起身子，伸了个懒腰，感觉她正盯着我的裆部看，只好把大腿合拢。

"我觉得妈妈不是不小心出的车祸，她是故意寻死。"

"为什么？"

"因为爸爸在外面有不止一个女人，而且，很可能还有别的孩子，也不止一个。"

"我不调查二奶。"

"谁让你调查二奶了，恶心。"

正说着，有人敲门。猛地响起这样的声音，真是吓人一跳。她站起来，开门，提回来一只塑料袋，上面订着一张机打明细单。我们就在地上吃小杨生煎，这家店在边上的银泰百货，生煎送到这里不过数百米，里面的汤汁还是滚烫的。我昨天晚饭后就没吃过东西，胃空得直抽抽，反着酸，油腻的生煎入肚，汤汁流入接近枯竭的胃壁，极好地安抚了那上面的褶皱和绒毛。

"我不关心他有几个女人，他这辈子有过无数的女人，我相信，我妈妈因此得了抑郁症，每逢春夏或者秋冬季节交替，是她最难熬的时候，她无法入睡，睁着眼睛直到天亮。她会无数次给爸爸打电话，但电话不是不在服务区就是你所拨打的电话正在通话中，要不就是一串葡萄牙语的女声答录，他最近在谈巴西的一个生意，有时候要去圣保罗出差，中巴贸易什么的。"

"联系不上他？"

"联系不上，一般实在联系不上了，我们会找爸爸的助理小窦，男的，这次他说他也不太清楚，他很少跟爸爸一起出差，爸爸喜欢一个人出差。"

"你怀疑他失踪了？"

"也许只是在某个阿姨家里，我在杭州街头偶遇过一个阿姨跟爸爸在一起。叫她阿姨不合适，她也就我这么大。"

她撇了撇嘴。她的嘴不小，因为年轻，嘴唇上侧有细密的绒毛，唇色是暗橙的，颧骨上涂了同色系的腮红。她化了妆，少女系的裸妆，像这个年龄的女孩应有的风格，唇膏是透明的，只是为了提亮。我怀疑她还戴了美瞳，否则眼睛不会那么亮，眼珠子也不会那么大。

"因为你妈妈出了车祸，你才无论如何要找到他？"

"那怎么办？她简直痛苦死了，双重痛苦，不，三重，车祸，抑郁症，找不到我爸爸。"

"我不管找活人，我只管死人。"

"呸呸呸。"她敲了敲眼前的三合板小茶几。

"有人死了再找我。"

我一边把该吃的小杨生煎吃完了，这时又有人敲门，她又起来开门，啤酒到了，必须喝一喝，很快周黑鸭也到了，她坐下来跟我一起喝啤酒吃周黑鸭。

"他们说你无所不能，只要给你钱，钱我有的呀。"

"我最近不缺钱，但是我住的地方热水器坏了。"

"你可以住在这里的，想住多久住多久，只要能找到我爸爸。"

我一口气喝了两罐蓝带，酒味儿不够，后悔没要青岛。她一直在小心翼翼地啃鸭锁骨，也喝啤酒，但喝得很慢，也没什么量，喝了一罐不到已经微醺，嘴角挂着一颗完整的花椒。

"我不是杭州人，我是泉州人，泉州来的。我爸爸妈妈生了我们姐妹七个，爸爸一直想要儿子没要到，所以在外面找了很多很多女人，想让人家给他生儿子，到现在我也不知道我有没有一个弟弟，爸爸什么也不会说的，这些女人在哪里，我们也不知道。"

"过年怎么办？"

"过年爸爸一定要回家过的，奶奶还在，但他有时候吃完年夜饭就走了，连夜就开着车走了，妈妈就一直在那边洗碗，打扫卫生，一直到半夜，她很会忍，什么都不跟我们小孩子说的。"

"你爸对你们好吗？"

"可以说是很不错的啦。他对我们要求高，读书啦工作啦，他都要管的，大包大揽。他让我到杭州来工作，这个公司的老板，是他的好朋友。"

"这次联系不上他有多久了？"

"一个半月，整整45天，一点消息都没有。"

她喝光了一个听啤，又开了一个喝了几口，站起来身体都有点晃。她的胳膊也很细，扶着墙去厕所的时候，那只细细的胳膊几乎支撑不了什么。我已经是第六个还是第七个了，500毫升的听啤还是挺够量的。外面的雨持续不断地在下，时大时小，天色微暗，气温慢慢降低。

我站起来去阳台上，阳台上有帆布遮阳篷伸出顶端，一侧的遮阳篷开始漏雨，雨水打到兼做小工作台的阳台侧墙的台面上,把木头台面大半都打湿了,飞溅到两只雪白的帆布面沙发上。

这是二楼,对面一楼的邻居家占有了原先的自行车棚,变成了老年代步车的停车库,暮色中,一个老太太正在擦拭一只桃红色的旧皮子沙发,她擦得很专注,没有发现我,也没有抬头。

幸好没有抬头。

回到屋里,关上那扇门,让屋里能暖和点儿,浓郁的桂花香也被排除在外。我关完门还来不及转身,她正好站在我身后,越过我,伸手拉上了窗帘,那么细的胳膊缠绕着我,手腕上戴着金刚绳,红的,绳上有四只特别小的黄金做的铃铛。

"我全天联系不上他,我们七个姐妹都在打他电话,我半夜有时候惊醒,第一反应就是从枕头边上摸出电话打给他。"她站不太稳,几乎贴着我说。

"打了也白打。"

"我知道呀,只有我一个人知道打了也白打。"

"什么意思?"

我抓住她的胳膊,转过身来,她猛然抱住我,尴尬的是我上半身披着的浴巾被她扯掉了，滑到地上，她抱住我的腰哇哇大哭，脸贴在我胸口，眼泪鼻涕都糊上去了，澡算是白洗了。

我只好轻轻地抱住她，拍拍后背，等着她平息。一个人不管怎么哭，怎么放声痛哭，要死要活地哭，总有平静下来的时候，她也不例外。

"只有你知道打了也白打，是什么意思？"我问。

她忙着哭，没有回答，我只好把她放到沙发里，拿起地上的浴巾擦胸前的眼泪鼻涕，而后找出茶几上的空调遥控器，调出制热的功能，30℃，空调有些老了，但不妨碍它制热。当然了，她如果还要哭下去，我只好再去冲个澡，好躲开这个场面，她像是那种一年哭一次的女孩，一次就要管够。我把啤酒罐子递给她，让她喝够了好顺势昏睡过去，我也在昏昏沉沉的临界点，恨不能一头倒在她身上睡着。她一边继续抽泣一边狂灌啤酒，第二听转眼喝完，把空罐子递给我，示意我再开一听。

"等会儿，我感觉可以接你的案子了，能不能在你喝多了之前，先把订金给我，现金。"

她移开茶几上那个打印加塑封的告房客书，底下压着

161

一个鼓鼓囊囊的白信封，企业信封，像是她工作的公司用的。

"好了，你说吧。"屋里只有一只小双人沙发，我让她在那上面躺下，举起她的脚放在我膝盖上，拉好她的阔腿裤，我也好靠到沙发背上，如此一来，形成了一个很方便交代事情原委的新格局。

"这45天，我都不知道自己是怎么过来的，在新加坡的时候，还要照顾妈妈，要哄着她，我的姐姐妹妹对于爸爸联系不上这件事，各有各的主意，她们要报失踪人口，姐夫们的意见也很多，报失踪人口满四年法律上就算死亡，有些人就可以开始分遗产了。"

"你爸是个有钱人？"

"我不知道他有多少钱，他有一次跟我说都安排好了，他心脏不太好，钱够我们每个姐妹一辈子不用工作，让我们工作是为了将来能够好好打理各自的钱。"

"都安排好了？他几岁？"

"55，才55就安排好了，他是神经病吗？"

"这个神经病其实已经死了。"

她挺起上半身，死死地盯着我，一边看一边眼眶里又涨满了液体，她哭了那么长时间，居然没有把美瞳镜片冲出来，真是万幸。

"你知道他不在了？"她说。

"你刚才说的。"

"我说什么了？"

"你说给他打的一切电话都是白打。"

"因为他不接嘛。"

我摇摇头，顺手又拉了拉她的裤管。她的脚丫子细小而修长，每个脚趾头都像刚上幼儿园中班的小孩，既驯服又乖张。我没有碰到她的一点点皮肤，这是个跟女孩相处的好习惯。

当然了，看到任何一个女孩，只会想到她衣服下的乳房和窄小的阴道。

"一个人脱口而出的都是真话。"

"好吧，我知道爸爸已经不在人世了，我没有爸爸了。"

"别再哭了，你找我其实是想通过我知道谁杀了他。"

"爸爸玩失踪不是第一次了。我是他最疼的女儿，我们之间有个约定，他可以玩失踪，想去哪儿就去哪儿，但是夜里一点半，如果是我给他发个笑脸，他一定要回给我一个笑脸。"

"这次没有？"

"我每个晚上都上闹钟，一点半准时醒来，我已经发给他45个笑脸了，一个也没答复。"

"所以你知道他不在人世了？"

"我们家里人都知道他有两个手机号，我是唯一一个知道他有第三个手机号的人。"

"那个号也没答复？"

"没有。那是个全球通号码，即便他在南极也可以收到信号的他说。"

我从床上拉了那条线毯把她的脚裹起来，空调并不好用，室温没有升高多少，她一边说一边发抖。

"所以，我爸爸的事情恐怕达到你的标准了，是个命案。"

"你爸爸通常住在哪里？"

"泉州就是我们家，他很少很少在，杭州他有个家，在滨江区，双城国际，我没有那个房子的钥匙，其他地方就不知道了。"

"有打扫卫生的阿姨吗？"

"我爸爸讨厌请小时工，他自己做卫生，做得很好的。"

一个有五六个，甚至七八个家的55岁、有洁癖的男人，家大业大老婆多孩子多，当他想一个人躲起来的时候，还可以躲到酒店里，深山老林里，没有手机信号的地方，连个短信上五女儿的笑脸也看不到的地方。

"你的老板，是他最好的朋友？"

"绝对是，他们无话不说，但这次他真的什么也不知道，我都快跪下求他了。他说我爸爸如果在任何一个阿姨家，我得相信他谁也不会告诉的，老板没有我爸爸任何一个阿姨的联络方式，男人之间不分享这种东西，他见过一两个阿姨，但再好的朋友，不会留别人女朋友的电话，何况是我们泉州人。"

"明天再说吧，今天什么也办不了。"我说，揉了揉她的脚丫子，让她舒缓一下紧张的神经。

"我知道得明天再说，今晚我能不能住在这里？"她的声音越来越低。

"随便。"

她睡着了，我把她抱到床上，自己睡在沙发上，用浴巾和线毯将自己裹紧，夜里被冻醒了，但没有听到她的手机闹钟在一点半响起，当夜，也没人再来敲门，快递不会无缘无故地夜半敲门。她睡觉的时候有轻微的鼾声，音量介乎猫和狗之间。

双城国际实际上是栋写字楼，不知道她爸爸干吗要住在这里，开门也没有想象中复杂，她拿出她的身份证和户口本复印件，她说幸好前阵子买二手房，一直都带着老家户口本的复印件，正好可以证明他们的父女关系，物业看到她人，也没问她要户口本复印件，二话不说就开了。

那是一个巨大无比的开间，足有二三百平米，三面落地窗。屋里近乎空空荡荡，一侧有老板桌和皮面旋转工作椅，当中是一大套的金丝楠木茶桌椅，功夫茶具和很多只老虎造型的茶宠，55岁，属虎。

大开间隔出了一个卧室，卧室里有主人专用的卫生间，有别于外边的客卫。厨房是开放式的，但台面上除了灶具，几乎没有任何过日子的迹象。冰箱虽然存在，打开，里面也只冻着当年的乌龙茶、西湖龙井和枸杞。

我走进卧室，被子没有叠，一只枕头横放一只枕头竖放，酒店一样的纯白床品，衣柜里有衣服，但不多，他像是那种懒得在衣着打扮上操心的人，无非衬衫、T恤和夹克，还有两套西服，一套黑的一套深棕，没有鞋盒，鞋子直接摆放在衣柜内，五双，三双休闲鞋，两双配合西服穿的正装鞋。

床头柜上连杯水都没有，也没有闹钟和台灯。

"屋里东西这么少，平时就这么少吗？"我问她，她一直跟着我，差不多算是紧跟着我。

"我爸爸讨厌家里东西多，他说他不喜欢回我们泉州的家，就是东西太多了，到处都是东西，闹哄哄的。"

我们去往主卫，玻璃淋浴房、浅棕色浴室柜、马桶，如此而已。我撕了段卫生纸垫在手里，依次打开浴室柜的抽屉，除了第一层有一管备用牙膏和鞋油，其他的抽屉几乎是空的。这个屋子的主人像是随时准备跑路，偌大的卫生间，只有一条毛巾、一个刷牙杯和牙膏牙刷，连洗发水沐浴露都没有。

"这个房子，是你爸爸自己一个人住的地方？"

"他说他想静一静就住在这里，这些年住在这里的时间越来越多了。"

"没有座机？"我回到他的办公桌，"也没有台式机？"

"他不用电脑的。"

办公桌的抽屉里也是空空如也，这里不是被扫劫过，就是主人家打算一走了之。作为一个生意人，他连个随手记的便签都没有。厨房柜子里好歹有几瓶油盐酱醋，但基本上没打开过，只是常规配备。我坐到茶台那边，发现茶桌倒是经常使用，所有的茶器上都有茶垢，也都蒙着一层灰，45天不在，灰是肯定的。正对着茶桌，有一扇窗户开着，风呼呼地往里灌，地面上一层水，雨灌进来了。

"你爸爸日常出行，有司机车接车送吗？"

"公司里没有专职的司机，小窦兼做司机，但爸爸很少喊上他，他总是自己叫出租，他还会用滴滴，去年我教会他的。"

一个常常独行的、有很多妻子和儿女的、55岁的男人，他存在于世的目标就是自己喊车，坐车，独居，莫名其妙地失踪，或者死亡。我坐在茶台跟前，想象他泡茶的过程，用电热水壶烧水，将茶叶放到紫砂壶内，紫砂壶有三只，一溜儿放在一侧。

第一遍水，温杯洗杯，第二遍，才是喝的茶。茶杯有六只，但常用的只有一只，其他都干干的放在一边。他自己喝茶，望着窗外的景致，不远处，钱塘江波光粼粼，暮色苍茫时分，阴雨朦胧时分。

女孩坐在一边呆呆地看着那些茶杯，把一双手夹在两腿之间，筷子一样细的腿经不起摔打，用来夹手倒勉强可行。

我又站起来，重新在屋子里走了一遍，查看更多的细节。

"他出门通常用什么行李箱？"

"他有两只行李箱，短途用小的，出国什么的，用大的，也不算太大，中号的吧，都是一个牌子，TUMI，黑色的。"

我回到卧室，一大一小两只TUMI商务旅行箱都放在衣柜上层，大的那只上，还有一次国际旅行的标签没扯下来，确实是去往巴西圣保罗的，上个月初的行程。行李箱取下来，打开，里面有常规的洗漱用品袋，别的也没有什么。我张望片刻，卧室外的阳台上，还晾着一些衣物，衣服上也蒙着一层薄薄的灰，不出意外的话，是那次出差后换洗的，因为跟他衣柜内风格类似的衣服当中，离奇地混了一件南美人常穿的热带风格花衬衫，还有一条沙滩裤。

"他没有带走任何行李？"

女孩点点头，我怕她又开始哭，迅速走进卫生间。主卫的马桶是盖着的，我打开它，里面静静地积着一小摊水，浅蓝色的，不出意外，这是放进了深蓝清洁球，我又到处翻找一番，没有发现清洁球的替换装，难道是最后一颗清洁球？

"你觉得谁会在他走后，把这个屋里的东西收拾一遍，还拿走了很多东西?"

女孩迷茫地摇摇头:"我不知道啊。"

"你说他在杭州有女朋友?"

"应该免不了吧。"

"有办法可以找到他的任何一个女朋友吗?"

"没办法。"女孩皱起眉毛,她不愿意提及这些女人。

我们离开了那个房子,在空寂无人之中,关上门的瞬间,我仿佛听到空气中有人在跟我说:"慢走。"我把门又推开,那个声音没有再响起,消失得无影无踪。

我们一起去往女孩的住处,她说那里的沙发比十三湾巷的好坐,实际上,它离我的住处只有几百米远,在火药局弄的书香楼苑,紧挨着小世界定安幼儿园。书香楼苑也是个老社区,六层无电梯,她住在三楼的两居,房子也是重新装修过的,不知道为什么,我感觉跟 airbnb 订来的房子有相似之处,也许是墙面的处理风格。

屋里有三只猫,一黑一花一白,卧在不同角落,我进去的时候,黑的那只伸长了身子打了个呵欠,另外两只盘在一起睡大觉。

"这是爸爸为了让我上班方便特地给我买的二手房,杭州现在房子限购了，我不得不把户口从泉州迁移过来才买成这个房子。"

"所以你现在是杭州人？"

"对。"

一进屋子，她就打开空调，不大的屋子有一台立式的空调机，屋里很快暖和起来。她又喊了外卖，我们吃了午饭，她跑去卧室换了珊瑚绒睡裙，暗粉色，当中一个卡通娃娃头，一副打算睡个午觉的样子。

"今天周六，我可以好好休息一下，你也休息一下，想做什么都可以。"

她去睡午觉了，卧室门敞着，我们已经在昨晚同居一室过了。我能做的事非常有限，只能拿起桌上的时尚杂志瞎翻，翻到第三本《ELLE》，里面掉出来一张纸条，画着长了两只角的一个恶魔，边上有三个歪歪斜斜的字："放过我。"

画儿是深蓝色的，桌上就有一支无印良品的深蓝细签字笔，纸条的背面，是另外一个人的笔迹，从笔画的粗细判断，是钢笔写的，字特别大，写着工行的账号、用户名、开户行和汇款金额，数了数，有九位数，一亿两千八百万的转账。

我直觉自己应该留下这张纸条，总比留在杂志里做书签好。

她睡午觉的时间，我拿了她放在玄关上的房间钥匙，到楼下给朋友老K打了电话，没有他查不到的线索。我把那张纸条上的字从头到尾原原本本地给他读了一遍，让他记下来，查一查是谁的账号，那个账号上的往来账目是个什么情况。

老K是个无所事事的胖墩墩的黑客，整天就呆在家里炖汤喂狗，我的电话总让他觉得活着还有点存在感。我把女孩给我的她父亲的三个电话号码也报给了他，让他一并查查。

在楼下，我发现了另外一栋楼的一楼开了个小卖部，我在那里买了两盒利群新版，14块一盒，在它和利群软长嘴之间，我犹豫了一下，后者36块一盒，有点奢了。

每到一地，我喜欢抽当地的香烟，喝当地的啤酒，往往也能睡到当地的女人。楼上那个穿珊瑚绒睡裙的女孩，不需要喝一口酒就能睡到，但我懒得走到她跟前，提出这个要求，无边的倦怠席卷了我。我坐在一楼花坛刚刚雨后略干的水泥台上抽烟，抽了三四根，然后上楼。

我打算单独跟她爸爸的助手小窦见一面,让她帮我联系,她刚睡醒,不知所谓,听了半天才明白过来,坐在床上给小窦打了电话,约了在金钗袋巷和抚宁巷交叉口的金记面馆见面,顺带吃吃晚饭。小窦一脸紧张,坐在我对面。女孩去要面,她自己要了雪菜黄鱼肚片面,帮我要了肉丝拌川,小窦要了爆鳝片儿川。很难理解为什么雪菜,也就是一种咸菜,要跟黄鱼做在一起。她吃着一团烂糊糊的东西,津津有味,专注于吃,好像根本没听到我和小窦在说些什么。

"你最后一次见到你老板是什么时候?"

"他让我去家里拿两箱茅台,送给绿城的朋友。"

"双城国际?"

"对,他快要去巴西出差了,临走前订了得有十几箱茅台,听说是副厂的茅台,不贵,好喝。"

"都是你帮着送?"

"我也就送了绿城的那位他的朋友,其他的,好像都喊了同城快递。"

"他当时看起来,正常吗?"

"挺正常的啊,跟平时没什么两样。"

"家里呢?"

"家里？"

"家里乱不乱？"

"没觉得，跟平常差不多啊，他说自己很累，头天晚上没睡好。"

"我爸爸经常跟我夸小窦，说他勤快，聪明。"女孩突然插话。

小窦看了她一眼，递给她一张纸巾，她吃雪菜，又吃得嘴角发黑。

"我爸爸想让我跟小窦在一起，可是我对他不来电啊。"女孩又说。

"陈总开玩笑的。"小窦说。

"他很认真的，我爸爸说一不二，从来都是，你说他开玩笑，我觉得他很认真。"

"你觉得他可能去哪里？"我问小窦。

"陈总最不喜欢告诉我们他打算去哪里，他的行踪不定，也几乎不发朋友圈说自己在哪里，我们想要汇报工作，只能发微信，发完微信他也说不定什么时候回，有时候很快，有时候隔了好几天。但是很奇怪，凡是着急的事情，他都回得很快。"

"秒回。"女孩一边嚼着面，嘴里鼓鼓囊囊的，一边说。

"完全没有规律可言？"

"是，我们常说陈总神出鬼没。"

"你在双城国际，"我看了女孩一眼，"见到过其他女人吗？"

小窦也看了她一眼，点点头。

"几个？"

"最近？"

"最近一年之内。"

女孩突然站起来，说去找牙签，雪菜黄鱼也能塞牙缝？

"见过一个，很年轻的女孩子，也就她那么大。"小窦往女孩的方向努努嘴。

"女朋友？"

"八成是。她挺活泼的，化妆化很厉害，染发美瞳假睫毛，很厚的粉底，几乎看不出实际上长什么样。"

"你去的时候，她在干吗？"

"好像在拿着手机自拍吧，诸如此类的，她没跟我说话。"

"陈总跟你介绍她了吗？"

"从不，我们做手下的，不问东问西就对了，问这些干吗?"

我在双城国际的房子里没有看到任何女人的用品,一丝一毫都没有,不管是护发素,洗甲水,还是眼霜,他的屋子是彻头彻尾的男人的房间,也许他不允许女人在这里过夜,哪怕是新交往的年轻女朋友,哪怕那么人来疯,自觉漂亮。

"陈总自己为什么不开车?"

"他应酬多,喜欢喝点酒。他只喝酱香型的白酒,茅台五粮液这类的,喝茶就只喝安溪铁观音,别的一概不喝。开车喝不了酒,还得喊代驾,麻烦。"

"他有固定的酒友吗?"

"好像没有,他就是为了应酬喝喝酒。"

"他主要做什么生意?"

"进出口贸易,有一部分,房地产,一部分,物流,一部分。说不清楚啦,什么挣钱做什么。"

"挣钱吗?"

"我也算换了不少工作了,没见过比陈总还会挣钱的老板,他只赢不输,出手稳、狠、准,贼不走空。"

"这么厉害?"

"是真厉害，能做大生意的主儿。"

"你很崇拜他？"我向他探过身子。

"我也算换了不少工作了，有过这样那样的老板，真正崇拜的，还真只有陈总了，真牛逼。会做事，钱多，女人多，还摆得平。"

女孩突然回来，带着牙签盒，小窦低头吃面，他的鳝鱼面总的来说还是挺香的，据他说。很奇妙，天黑以后，外边没有下雨，我提议我们三人到西湖边散散步，女孩带路，小窦跟着我平齐而走。他好像多多少少有点怕那个女孩。一个老老实实的人，来自山西忻州，我们谈到了山西的煤老板，挖煤的人就像一群群打黑工的，从地底下钻出来，心肝肺都是黑的，一朵又一朵的地狱之花。

夜晚的西湖人烟稀少，苏堤白堤断桥，样样分明，没有烟雨蒙蒙，轮廓线都显现出来了，一条黑狗始终不远不近地跟着我们。女孩不喜欢狗，勾住我的胳膊躲它，我努力辨认着远处的三潭印月，想象三个亭子极其缓慢地被湖水淹没的过程，那乌黑的西湖水，湖水中隐藏着恶之灵。

"如果你爸爸就此消失，你怎么办？"

"不行，活要见人死要见尸。"她咬着牙说。

我松开她紧紧拉着我的手,那么纤细的指头,轻轻一掰,可能都要断掉。她又来紧握我的手,丝毫不顾及小窦的存在,小窦也善解人意地张望着湖面,偏着脑袋散步,不得不说,他那种姿势非常别扭。

之后我们告别,女孩打算跟我回去,在路上我接到了老K打来的电话,凡是来电不显示号码的就是他打来的。

"哥们,我跟你说,你边上没人吧。"

"有。"

"好,那我长话短说,或者回头再打?"

"回头我打给你。"

回到十三湾巷,到了楼下,我让女孩先上楼,说要再去买包烟抽。在去小卖部的路上我给老K打了过去,电话那头传来他在厨房煎炒烹炸的声音,他不住地被油烟呛得直咳嗽。

"我跟你说啊,哥们,这个银行转账信息是陈汉生,转给你这个字条上写的吴秋燕的,这两人是两口子,两口子转账不知道有什么好查的。吴秋燕账号上陆陆续续收到过陈汉生的很多笔转账,他们一年总要转个七八次,每次金额都不小,这一笔是两个月前转的。"

"哦，这是我在查的客户，他失踪一个半月了。"

"对，你给我的三个手机号都是他名下的，一个半月左右的时间都没有新打出去什么电话，倒是非常多未接来电，他的微信上也有不少别人找他的记录，好家伙，光是喊他老公的就有七八个，够花的老头儿。"

"你能把所有这些女人的资料都发到我邮箱吗？"

"找他的，喊他老公的？"

"姓名，手机，所在地。"

"行啊，小菜！"

"他失踪前一礼拜的手机通话记录，也发给我一份。"

随着一阵激烈的咳嗽，这家伙估计快要被油烟呛死了："好好，知道啦，挂了。"

我刚要挂，又听到他在电话那头吱哇乱叫。

"你在杭州？帮我买两斤临安山核桃，小个儿的那种。对了，还有桂花，我过几天做点桂花糕。"

我挂了电话，回到屋里，女孩已经躺在沙发上看电视了，跟前摆着几罐啤酒，她已经打开了一罐正在喝，这是初秋，她觉得冷，自己盖着毯子。有些时候，我觉得她因为找不到父亲焦虑不已，而另外一些时间，她又放松得像有几百个体健貌端的父亲好好地待在老家。

"你看不看《奔跑吧兄弟》？"她问。

"我不看电视。"

"也不一定要电视上看啊，也可以在网上集中看。"

"我也不怎么上网。"

"哈？"

对于她这种苹果每出来一款新手机一定要换一换的年轻人，这确实有点不可思议。

我到露台上去抽烟。这个居民楼大概是上个世纪80年代盖的，隔音效果不太好，但很奇怪，我今天早上被不知从哪家传来的推拉门声重重地惊醒，然后是淋浴龙头的水哗啦啦的响声，拖拉桌椅的声音随后响起，然而从未有过人和人交谈的声音，所有的邻居都不出声，不责骂孩子，夫妻也不争吵。那些声音是人造就的，但人并不出声，我想他们应该也听不到我和女孩刚才说的话，只听到了电视声，我点打火机的咔嚓声，还有脚步声。

所有地方的特质，唯有住在里面才能知道。

我返回房间，女孩居然已经喝到了第二罐啤酒，我去厕所拉了个大便出来，她喝到了第三罐。她喝啤酒的速度又快又猛，喝完酒的她，跟上次不一样，耳朵是红的，鼻子尖儿也是红的，连额头都泛着微微的红光。

"别再喝了。"我走过去，把啤酒从她手中夺下。

"你管我！"她上身挺直，眼神十分奇怪，像是一滴浓度很高的酒精，滴到了她的瞳孔内，这滴酒精让她的眼瞳熊熊燃烧。

"怎么回事？"

"我想喝多少喝多少，又不是你出钱买的，你又不是我男朋友，管个屁！"

"你已经喝多了。"

"滚蛋！一边儿去，你谁啊，在这里干吗？"她的眼神陌生又冷漠，像是真的不再认识我了，推搡我的力气大得惊人，比先前那个手无缚鸡之力的女孩大了十倍不止，我居然被她推得一踉跄。但是我依然把所有的啤酒收了起来，放进冰箱，把她没喝完那罐喝完。她抱住我，又拳打又脚踢，打的都是致命的部位。

"滚蛋！你他妈快给我滚蛋！"她盯着正在喝她的啤酒的我，拽我的领子，又开始掐脖子，使劲按，她的蛮力超过了我的想象，顿时有了窒息感，不得不放下手中的啤酒罐，专心对付她，将她的手松开，又推回对面那堵墙，两只手按住她的胳膊，她猛地用膝盖顶我的裆部。

我大叫一声松开她的手，她突然打开冰箱，从里面又取出一罐啤酒，带着狠劲儿拉开马口铁环，扔到一边，然后略带挑衅地坐回沙发，双腿一盘，开始大口大口地喝那罐啤酒，转眼也喝光了。我盯着她喝酒，看着她眼睛的颜色奇妙地转淡，脸颊没有泛红，耳廓也没有。

喝完这罐子酒，她闭上眼睛，长长地而又舒缓地吐了一口气，接着往沙发上一歪，闭上眼睛，竟睡着了。我数了数，她喝了八罐啤酒，在最短的时间内。

我只好又把她抱到床上去，很奇怪，她似乎比昨天重了好些，无论是骨头的分量也好，肌肉的分量也罢。三只猫四散，不知道躲到哪里去了，我在床底下张望不到，到卫生间也没有，回到沙发看沙发底下，依旧空空如也，听到阳台上隐约有一点动静，我开了阳台门，果然看到三只猫惊恐地站在那里，朝我看。

我打开她的手提电脑，查看邮箱，老K发来了所有女人的信息，她们分散全国各地，最远的在四川，最近的果真在杭州，住在西溪湿地。老K的资料翔实，也有手机，也有微信，我当然没耐心加微信，直接打了她的手机。

"谁啊？"

"我是陈汉生女儿的朋友。"

"谁？"那边的声音明显紧张起来。

"陈汉生女儿的朋友。"

"找我干吗？"

"你知道他哪去了吗？"

"他哪儿去了？我还想问你他哪儿去了呢，人间蒸发了突然就。"

"多久没联系了？"

"一个多月了。"

"46天？"

"至少。"

"你一点儿也不知道他的下落？"

"你是他女儿的朋友，他女儿也不知道吧？"

"对，不知道。"

"那我怎么可能知道，我也想找他，这个房子租期快到了，房东开始催了。我去过他双城国际的房子，家里没人，我没钥匙，这个老头子从来不给我钥匙。"

我挂了她的电话，依次给接下来的六个女人打电话，她们的声音或高亢或低落，带着各地的口音，统统说他突然消失了，像一滴水落到了沙漠之中，一只困兽游斗于虚无的荒郊野外，在这些女人跟我要孩子的学费、一只大衣柜的订金和物业管理费之前，我统统把电话挂了。

这个男人身边围拢着一群蛆，母蛆，他的骨头和肉正在一点点被啃咬，却浑然不觉。我走进卧室，看着他女儿。那个女孩睡得像一根弯曲的香蕉，在被子底下，身体微微起伏，我摸了摸她的额头，她的右边太阳穴正鼓鼓跳动，俯身细看，像是有一只看不见的小拳头，仰着头，努力想要从那柔软细腻的皮肤下顶出来。

我用指尖碰了碰它，它也试探着碰了碰我，我们隔着一层皮接触，揣测着对方的厚薄、虚实、真假，它向左一点，我便向左一点，它向上一下，我也向上一下，我们隔着一层皮跳贴面舞，居然没把女孩弄醒。我在她身边躺下，夜里没卸妆，她脸上挂着一行泪，将眼线晕开了，连上两条墨黑的、断断续续的线。关上台灯，万籁俱寂，外边秋虫的叫声显得格外清晰。

我睡在她身边，睡得不太安宁，但是我又不知道自己梦到了些什么，或者有什么我不想梦到的东西，闯入了我的梦境。我不喜欢梦境中有复杂的东西，特别是出现我不熟悉的面孔，或者奇形怪状的生物。我梦到黑漆漆的湖面上，林木稀疏，安静而空旷，一只巨大的异形兽从波光粼粼中探出身来，它缓缓转身，笨拙而迟疑，带出了黑色的波纹和浅白的泡沫。

我不愿意梦到异形兽，但也没有别的办法。她在睡梦中翻转了身体，钻到我怀里来，并把我的一只手拉到她胸前，少女小小的乳房和乳头，稚嫩极了，探测不到她的心跳。我抚摸了一会儿她的乳房，感受着深夜抚摸一只乳房的柔滑和悄无声息，又把她的手放回原先的地方。她撅起的屁股顶着我。

过程并不顺利，像是延续了梦境的一部分，沉入了湖底，泥沼之中，你仿佛可以看到泥沼之中有什么东西迎面而来，又看不真切，倏忽而过的是鱼群，还是一个穿着潜水服的蛙人？

而后我打算起身洗澡，打开床头的调光台灯，先去卫生间拿来一条毛巾在龙头下调开热水弄湿，拧干了帮她擦拭身体。她依旧处于诡异的半睡半醒状态，这时候，可以认真地看她的脸,清晰的五官,脖子一侧有一处文身,是一头带着犄角的小怪兽,和夹在杂志内的纸条上画的小怪兽有点像,都长着犄角,脸上都有说不出感觉的笑意。

她猛地睁开眼睛,尴尬的场景。

"好疼。"她说。

"哪里?"

"全身都疼。"

"全身?"

"是,全身哪儿哪儿都疼,像是在玻璃渣儿上滚过。"

我们没有谈及刚才发生的一切,也没什么可谈。

加缪说:"我所知道的爱情乃是欲望、柔情与智力的混合体,是把我与某个人联系在一起的复合体。"

然而,我跟她与爱情一毛钱关系也没有,仅仅因为我懒得走到自己的住处,偶然地跟她躺在一起,而发生了关系,而后两人闭口不谈,说明我们无意把这件事当作正事儿来处理。

我告诉她:"你父亲所有外边的女人都不知道他的下落,每个人都在追问他到底去了哪里。"

"那些人说的,你也信?"

"我暂时听不出谁前言不搭后语、说话有矛盾的地方。"

"你知道她们都有谁生了孩子吗?"

"不知道。"

"这些小孩里面有几个女孩儿?"

"那就更不知道了。"

她喃喃自语:"我不知道我到底是他第几个女儿。"

"这重要吗?"

"当然重要啦!他是我爸爸,怎么可以是那么多女孩的爸爸。"她的声音突然变尖。

这时候我的手机突然响起,我看了一眼,是老K,电话那头依然是煎炒烹炸的背景,老K的声音在一大锅咕咚咕咚煮着的汤边上出现。

"我跟你说啊,你在哪里?"

"杭州。"

"我知道是杭州,杭州哪里?"

"我也搞不清楚,离西湖不太远。"

"啧,我说的是,你跟你那个女客户待在一起吗?"

"你怎么知道?"

"你们俩手机信号紧挨着。"

"滚你妈蛋！"

"闲不住，闲不住，我跟你说啊，你得小心点儿。"

"什么意思？"我去往卫生间，裹上一条浴巾，顺便就站在那里接听电话。

"小心点儿没坏处，谁知道躺在你身边的是什么人。"老K故意卖关子。

"扯什么犊子，明说！"

"我可就说了，你不是说她爸有三个手机号吗？"

"对。"

"第三个，她给他发笑脸的号。"

"什么意思？"

"她是不是有两个手机？自己给自己发。"

"有这个必要吗？"

"这个手机就在你附近，在这个房子里，只是静音了，你好好找找。"

我挂了电话，返回女孩身边，这是夜里三点，她正坐在床上发呆。

"为什么你的房子会买跟我的房子很像的一些东西，比如马桶刷，同款不同色。"

"不知道啊。"

"这种马桶刷不常见，河马造型。"

"天知道。"女孩天真起来，简直无邪。

"不是你买的吗？"

"我的是我买的，你那个房子里的，一定不是我买的啊，是房主买的。"

"你认识房主？"

"怎么可能！我通过 airbnb 订的房子。"

"什么？"

"一个订房子的 App。"

"我不想知道那么多，第二个问题。"

"问题真多，大半夜的。"

"你去过你爸爸自己住的房子几次？"

"也就是两次吧，跟你一次，之前去过一次，他不喜欢我去。"

"可是物业看起来跟你很熟的样子，你是第一次拿钥匙吗？"

"是，第一次去我爸爸在啊，不需要钥匙。"

"但你肯定不是第一次去物业拿钥匙了，物业的人，很明显见过你,而且是跟你打过拿钥匙的交道。你父亲那么孤僻的人,为什么会把钥匙放在物业呢?"

"为什么?"

"钥匙是你托付给物业的。"

"没有!怎么可能!"

"你想不起来了?"

"不可能。"

我宁可想着这是不可能的事,一百万种不可能在可能的陷阱里深陷,深一脚浅一脚。我捧住她的脸,把头发抚开,看她左边的太阳穴,再看右边的,并没有小拳头在两边太阳穴底下拱起,她身上的一切恢复了正常,除了无处不在且莫名其妙的疼痛。

"好,有什么问题明天再说,我们睡觉吧。"

第二天我去了双城国际的物业,找到了那天给我们开门的那位工作人员,果不其然,他说,托付给他们钥匙的是女孩,时间是一个多月前,他查了时间,是9月5日,女孩父亲失踪后。

我问他:"给你钥匙那天,她说了什么没有?"

"说什么印象不太深了,好像问了我小货车能不能开到地下室,她要搬走一些东西。"

"你们没跟着去看看?"

"没有,陈先生是业主,不是租户,她又是陈先生的女儿,我们都很放心。"

我又去查了我所住的那个房子业主是谁,有了老K,一切容易多了,也是她,陈晓尘,她也没有把它放在airbnb,只是自己左手交到右手,像两个人一样。不单是马桶刷,还有阳台上的户外木地板的品牌,作为装饰的字母灯,屋里的懒人沙发,其实都是一种风格,冰箱和洗衣机都是西门子,空调都是格力,再清楚也没有了。

下午我回到住处,跟她联系,她说她在上班,问我有什么事没有,我说没有,

然后去往她的住处。我最近随身一直带着把万能钥匙,小偷行窃用的,这是为了方便随时出入各种屋子,我原先的住处不单热水器有时候会坏,也没有按摩浴缸,我需要到那些上了班的邻居家洗个澡或者泡个澡时,这样会方便一些。

她的房间里窗帘都还没有拉开,我打开灯,三只猫依旧如故,待在它们各自的地方睡懒觉,看家。我到处找,找那只手机,所有的抽屉、储物柜、衣橱,一无所获。屋子并

不大，不知道还有什么地方可以藏一只手机，而老K一口咬定手机就在这个屋子里。

她家里所有的东西都是小小的，唯有冰箱很大，是只西门子纯白色双开门冰箱，厨房放不下，只能放在客厅内，一个几乎不做饭的女孩为什么需要那么大的冰箱呢？

我打开冰箱，认真翻寻，速冻区，基本上都是速冻食品和冰淇淋，没有肉禽水产，速冻食品品类丰富极了，包括速冻的披萨，但里面没有手机，手机在冷藏区，跟几根干蔫蔫的胡萝卜和花椰菜放在一起，用一只塑料袋装着，还有电，静音。

通讯录唯一的联系人就是她自己，叫做"晓尘儿"。

我翻阅了几条短信，果然过去45天，每到夜里一点半，这个号码都会收到"晓尘儿"的一个笑脸，跟之前一点半，这个手机号会回一个笑脸不同，9月3日开始，再也没有笑脸回复给"晓尘儿"的号码。

除此之外，屋里并没有太多疑点，除了卧室衣柜和墙壁之间有一个巨大的空隙，以这个房子寸土寸金的规划，不应该那里什么都不放。我突然想起冰箱上有什么，回到那里，那里有一些拍立得照片，是她和闺密们聚会时候拍的各种各样的合影，其中一张恰好是女孩们坐在卧室床上拍的，角度让衣柜入了框。

那个空隙放着一只巨大的墨绿色国际大号旅行箱。

这个小区和我的小区不一样，小区里种植的主要不是桂花树，而是另外一种树，繁密、肥厚而乌黑的叶子。十月中旬接近下旬，我站在阳台上抽了一支烟，楼下也没有正在擦拭皮沙发的老太太，工作日的下午，孤寂如同空旷荒凉的圣维克多山，塞尚生前常去那里画画。

等不及她回来，我再度回到双城国际，这次我用了自己的钥匙，即便是防盗门，这把钥匙也管用，它的制作者是行内最厉害的家伙，一个香港人，他送给我的缘故大概就是闲的，看我顺眼。

用另外一种眼光看这个屋子里的情况，就不一样了。我先到阳台去看圣保罗带回来的沙滩裤和花衬衫，标签上写着 Made in China，拍个照没准儿淘宝能查出同款来。

我慢慢细查，枕头上没有女人的长发，也许从未有女人在这里过夜，床头柜里有硝酸甘油片和安定片，新包装，没有拆过，药物在他的工作台抽屉内、卫生间的镜柜，以及茶台上的小茶箱抽屉里，都有，可见他时刻得备着这个药，但每一处都没有拆开，都是新包装。

也许真正常用的，他随身带着。

下午三四点钟的夕照慢慢通过巨大的阳台移入室内，因为窗帘的窗纱是一大丛热带植物，光影斑驳陆离，我坐在茶台跟前，准备烧水，洗茶器，发现下茶废水的小管子被什么堵住了，仔细看，原来是一把紫砂壶的碎渣。

碎渣而已，壶体的其他部分不在了。

有一把紫砂壶碎在茶台上，茶台的质地是乌金石，坚硬无比，我查找了一圈儿茶桌周边，又发现了两三片碎渣，都不大，得使劲摔才能摔得那么碎。在乌金石茶台的一角，不起眼的一角，我发现了血迹，几乎无法察觉的血迹。

天黑之后我们碰面，她说陪客户吃饭，饭后约我到天竺路，我们在一座小桥上碰头，走入通往安缦法云的那条路。秋天的夜晚，这里幽静而微凉，植物的香气弥漫四际，将死的，未死的，把死和未死混为一谈的。

"怎么样？昨晚睡得好吗？"她问我。

"还好。"

"介绍你给我的人说，你是最厉害的。"

"嗯。"

"我也知道你是最厉害的。"

我希望她指的是床上,但那天晚上我浮皮潦草。

"你希望知道我调查到哪一步了?"

"不用说,你什么都知道了。"

我不说话。

"我希望你把她从我这里赶走。"她停下来,站在一大片竹林跟前,晚来竹林里有风,一阵又一阵的风,以看不见的节奏吹来。

"她?"

"那个坏她,你见过的,连我家的猫咪们都怕她。"

"我赶不走,赶走了,你也不存在了。"

"可是她在这里,我一刻也得不到安宁,何况她对爸爸做出了那么可怕的事。"

"她做什么了?"

"她害死了我爸爸。"

"怎么可能?你看到了?"

"你知道怎么回事,不需要我说。"

"她带着墨绿色国际大号旅行箱去找你爸爸,为什么?"

"想离家出走,那是我。"

"你爸爸气得心脏病发作,摔碎了一把茶壶,跌倒在地上,你还在吗?"

"是的。"女孩掩面哭泣。

"然后呢?"

"我吓坏了,我要去找药的过程中,她拉住了我。"

"为什么?"

"她死死地拉住我,她力气很大,我怎么也挣脱不开。"

"然后她替代了你,看着你爸爸死去?"

她只会哭,什么也做不了。

"然后呢?"

"她喊了小货车,把爸爸装在国际大号旅行箱里,为了运走他,不得不临时搬走了很多别的东西。"

"去了哪里?"

"她用爸爸的微信联系了小窦,说她要搬一些东西去公司仓库,她把行李箱放在冷库里,做外贸生鲜的冷库。"

"这一个多月,你父亲一直在那里?"

"是。"

"小窦知道吗?"

"我不知道他知不知道,也许吧,他一直想做我爸爸的接班人,他知道我爸妈转大笔账的事,他说这是洗钱。"

"想杀死你父亲的,到底是你,还是她?"

她止住哭泣,转身看着我,即便在黑暗中,她的眼睛也亮得足以刺穿我。

图书在版编目（CIP）数据

女孩和女人们的生活/《小说界》编辑部编. -- 上海:上海文艺出版社,2023
(小说界文库.第二辑)
ISBN 978-7-5321-8539-9
Ⅰ.①女… Ⅱ.①小… Ⅲ.①短篇小说－小说集－中国－当代 Ⅳ.①I247.7
中国版本图书馆CIP数据核字(2023)第027385号

发 行 人：毕　胜
责任编辑：乔晓华　徐晓倩　项斯微
封面设计：人马艺术设计·储平
封面摄影：陈惊雷

书　　名：女孩和女人们的生活
编　　者：《小说界》编辑部
出　　版：上海世纪出版集团　　上海文艺出版社
地　　址：上海市闵行区号景路159弄A座2楼　201101
发　　行：上海文艺出版社发行中心
　　　　　上海市闵行区号景路159弄A座2楼206室　201101　www.ewen.co
印　　刷：上海盛通时代印刷有限公司
开　　本：1092×787　1/32
印　　张：6.25
插　　页：2
字　　数：99,000
印　　次：2023年3月第1版　2023年3月第1次印刷
Ｉ Ｓ Ｂ Ｎ：978-7-5321-8539-9/I·6729
定　　价：45.00元
告 读 者：如发现本书有质量问题请与印刷厂质量科联系　T:021-37910000